O incrível livro dos
MITOS GREGOS

O incrível livro dos MITOS GREGOS

Nathaniel Hawthorne

Tradução
Débora Ginza

Brasil, 2022

Lafonte

Título original: *A wonder book for girls & boys*
Copyright © Editora Lafonte Ltda. 2022

Todos os direitos reservados.
Nenhuma parte deste livro pode ser reproduzida por quaisquer meios existentes sem autorização por escrito dos editores e detentores dos direitos.

Direção Editorial *Ethel Santaella*
Tradução *Débora Ginza*
Revisão *Cristiane Fogaça*
Ilustrações capa e miolo: *Shutterstock*
Capa e Diagramação *Marcos Sousa*

Dados Internacionais de Catalogação na Publicação (CIP)
(Câmara Brasileira do Livro, SP, Brasil)

```
Hawthorne, Nathaniel, 1804-1864
   O incrível livro dos mitos gregos / Nathaniel
Hawthorne ; tradução Débora Ginza. -- São Paulo :
Lafonte, 2022.

   Título original: A wonder book for girls & boys
   ISBN 978-65-5870-308-2

   1. Mitologia grega - Literatura infantojuvenil
I. Título.

22-133198                                  CDD-028.5
```

Índices para catálogo sistemático:

1. Mitologia grega : Literatura infantojuvenil 028.5
2. Mitologia grega : Literatura juvenil 028.5

Cibele Maria Dias - Bibliotecária - CRB-8/9427

Editora Lafonte
Av. Profª Ida Kolb, 551, Casa Verde, CEP 02518-000, São Paulo-SP, Brasil
Tel.: (+55) 11 3855-2100, CEP 02518-000, São Paulo-SP, Brasil
Atendimento ao leitor (+55) 11 3855- 2216 / 11 3855 - 2213 - atendimento@editoralafonte.com.br
Venda de livros avulsos (+55) 11 3855- 2216 - vendas@editoralafonte.com.br
Venda de livros no atacado (+55) 11 3855-2275 - atacado@escala.com.br

SUMÁRIO

PREFÁCIO 09

A CABEÇA DA GÓRGONA
VARANDA DE TANGLEWOOD:
Introdução a *A Cabeça da Górgona* 15
A CABEÇA DA GÓRGONA 20
VARANDA DE TANGLEWOOD:
Depois da história 45

O TOQUE DOURADO
RIACHO SOMBRIO:
Introdução a *O Toque Dourado* 49
O TOQUE DOURADO 52
RIACHO SOMBRIO:
Depois da história 70

O PARAÍSO DAS CRIANÇAS
SALA DE JOGOS DE TANGLEWOOD:
Introdução a *O Paraíso das crianças* 75
O PARAÍSO DAS CRIANÇAS 79
SALA DE JOGOS DE TANGLEWOOD:
Depois da história 97

AS TRÊS MAÇÃS DE OURO
LAREIRA DE TANGLEWOOD:
101 Introdução a *As Três Maçãs de Ouro*
106 AS TRÊS MAÇÃS DE OURO
LAREIRA DE TANGLEWOOD:
127 Depois da história

O JARRO MILAGROSO
A ENCOSTA DA COLINA:
133 Introdução a *O Jarro Milagroso*
136 O JARRO MILAGROSO
A ENCOSTA DA COLINA:
157 Depois da história

QUIMERA
O TOPO DA MONTANHA:
161 Introdução a *A Quimera*
164 A QUIMERA
O TOPO DA MONTANHA:
187 Depois da história

PREFÁCIO

HÁ MUITO TEMPO ESTE AUTOR tem a opinião de que muitos dos mitos clássicos poderiam se tornar uma leitura importante para as crianças. Com esse objetivo em mente, ele preparou meia dúzia deles e os reuniu nesse pequeno volume oferecido ao público. Para que seu propósito funcionasse, ele precisava ter grande liberdade de tratamento, mas todo aquele que tentar tornar essas lendas maleáveis em sua fornalha intelectual vai observar que elas são maravilhosamente independentes de todos os modos e circunstâncias temporais. Elas permanecem essencialmente as mesmas, depois de mudanças que afetariam a identidade de qualquer outra coisa.

No entanto, este autor não se sente culpado de um sacrilégio por ter, às vezes, remodelado como sua fantasia ditava, as formas que foram consagradas por uma antiguidade de dois ou três mil anos. Nenhuma época pode reivindicar direitos autorais sobre essas fábulas imortais. Elas parecem nunca ter sido criadas e certamente, enquanto o homem existir, elas nunca perecerão; mas, devido à sua indestrutibilidade, são temas legítimos para que todas as épocas possam enfeitá-las com seus costumes e sentimentos, e insiram nelas sua moralidade. Na presente versão, elas podem ter perdido muito de seu aspecto clássico (ou, pelo menos, o autor não teve o cuidado de preservá-lo), e talvez tenham assumido uma aparência gótica ou romântica.

Ao realizar essa tarefa prazerosa - pois foi realmente uma tarefa própria para o clima quente e uma das mais agradáveis, do tipo literário, que ele já empreendeu -, o autor nem sempre achou necessário simplificar a linguagem, a fim de atender à compreensão das crianças. Em geral, ele permitiu ao tema elevar-se, sempre que essa fosse sua tendência, e quando ele próprio estava animado o suficiente para continuar sem esforço. As crianças possuem uma inestimável sensibilidade a tudo que é profundo ou elevado, na imaginação ou no sentimento, desde que também seja simples. Apenas o artificial e o complexo as confundem.

LENOX, 15 de julho de 1851.

A CABEÇA DA GÓRGONA

Nathaniel Hawthorne

VARANDA DE TANGLEWOOD
Introdução a *A cabeça da Górgona*

UM ALEGRE GRUPO DE CRIANÇAS, com um jovem alto entre elas, estava reunido em uma bela manhã de outono debaixo do alpendre da casa de campo chamada Tanglewood. Haviam planejado uma expedição para colher nozes e estavam esperando impacientemente que a neblina subisse as encostas das colinas, e que o sol derramasse o calor do verão sobre os campos e pastagens, e nos recantos dos bosques multicoloridos. A expectativa era de um dia lindo como sempre, alegrando os elementos desse belo e confortável mundo. Até agora, porém, a névoa da manhã enchia toda a extensão e a largura do vale, acima do qual, em uma colina levemente inclinada, ficava a mansão.

Todo esse vapor branco se estendia a menos de cem metros da casa. Escondia completamente tudo além daquela distância, exceto algumas copas de árvores avermelhadas ou amareladas, que surgiam aqui e ali e brilhavam sob a luz do sol matinal, assim como a imensa superfície da neblina. Sete ou oito quilômetros ao sul, erguia-se o cume da Montanha Monumento, que parecia flutuar em uma nuvem. Aproximadamente a vinte e cinco quilômetros de distância, na mesma direção, aparecia o mais alto pico das Montanhas Tacônicas, parecendo azul e indistinto, e tão sólido quanto o mar vaporoso que quase passava sobre ele. As colinas mais próximas, que margeavam o vale, estavam meio submersas e salpicadas de pequenas coroas de nuvens até o topo. Havia tanta nuvem e tão pouca terra sólida que o cenário todo parecia ser uma visão.

As crianças mencionadas acima, tão cheias de vida, não paravam de sair da varanda de Tanglewood, correndo ao longo do caminho de cascalho ou pela grama cheia de orvalho. Mal posso dizer quantos desses pequeninos havia ali; não menos de nove ou dez, porém, não mais de uma dúzia, de todos os tipos, tamanhos e idades, meninas e meninos. Eles eram irmãos, irmãs e primos, juntamente com alguns de seus mais novos conhecidos, que haviam sido convidados pelo sr. e pela sra. Pringle para aproveitar um pouco desse clima delicioso com seus filhos, em Tanglewood. Tenho receio de dizer os nomes deles, ou mesmo de lhes dar quaisquer nomes pelos quais outras crianças já tenham sido chamadas; porque, até onde sei, os autores às vezes se metem em grandes encrencas quando, acidentalmente, dão nomes de pessoas reais aos personagens de seus livros. Por essa razão, vou chamá-los de Prímula, Pervinca, Samambaia, Dente-de-leão, Miosótis, Trevo, Mirtilo, Primavera, Flor de Abóbora, Dona Joana, Banana-da--terra e Ranúnculo; embora, com certeza, esses títulos possam se adequar melhor a um grupo de fadas do que a um grupo de crianças terrenas.

Não se deve supor que esses pequeninos tenham sido autorizados por seus cuidadosos pais, mães, tios, tias ou avós a se dispersarem pelos bosques e campos, sem a tutela de alguma pessoa particularmente séria e mais velha. Ah não, de modo algum! Você deve se lembrar que, na primeira frase do meu livro, falei de um jovem alto, em pé no meio das crianças. O nome dele (e deixarei você saber seu nome verdadeiro, porque ele considera uma grande honra ter contado as histórias que estão impressas aqui) era Eustáquio Bright.

Ele era aluno da Faculdade Williams e, naquele momento, havia chegado, eu acho, à venerável idade de 18 anos; de modo que se sentia como um avô em relação a Pervinca, Dente-de-leão, Mirtilo, Flor de Abóbora, Dona Joana e aos demais, que eram apenas metade ou um terço venerável como ele. Um problema de visão (que muitos alunos acham necessário ter, hoje em dia, para provar sua dedicação aos livros) o impediu de ir à faculdade uma ou duas semanas após o início do semestre. Mas, de minha parte, raramente encontrei um par de olhos que parecia enxergar mais longe ou melhor do que os de Eustáquio Bright.

Esse aluno instruído era esbelto e bastante pálido, como todos os alunos ianques são; mas ainda assim tinha um aspecto saudável e era tão leve e ativo como se tivesse asas nos sapatos. A propósito, como ele era totalmente apaixonado por atravessar riachos e prados, havia colocado botas de couro para a expedição. Usava uma blusa de linho, um boné de tecido e um par de óculos verdes, que adotara, provavelmente, mais pela dignidade que conferiam ao seu rosto do que pela preservação dos olhos. No entanto, em ambos os casos, ele poderia muito bem tê-los deixado de lado, porque Mirtilo, um elfo travesso, arrastou-se silenciosamente atrás de Eustáquio enquanto ele estava sentado nos degraus da varanda, arrancou os óculos do nariz dele e colocou-os no seu; e como o estudante se esqueceu de pegá-los de volta, eles caíram na grama e ficaram ali até a primavera seguinte.

Bem, você precisa saber que Eustáquio Bright ganhou grande fama entre as crianças como contador de histórias maravilhosas e, embora às vezes ele fingisse estar irritado quando elas o importunavam para contar mais e mais, e sempre querendo mais histórias, duvido muito que ele gostasse tanto de alguma coisa quanto de contar histórias para elas. Você precisava ter visto como os olhos deles brilhavam quando Trevo, Samambaia, Primavera, Ranúnculo e a maioria de seus amigos imploravam para que ele contasse uma de suas histórias, enquanto estavam esperando a névoa se dissipar.

— Sim, primo Eustáquio — disse Prímula, que era uma menina esperta de 12 anos, com olhos risonhos e um nariz um pouco arrebitado — a manhã é com certeza a melhor hora para as histórias com as quais você tantas vezes cansa nossa paciência. Corremos menos perigo de magoar seus sentimentos por adormecer nos pontos mais interessantes, como a pequena Primavera e eu fizemos ontem à noite!

— Prímula, sua malvada — gritou Primavera, uma criança de 6 anos —, eu não dormi, apenas fechei os olhos para ver uma imagem do que o primo Eustáquio estava contando. As histórias dele são boas de ouvir à noite, porque podemos sonhar com eles dormindo; e boas de ouvir pela manhã também, porque assim podemos sonhar com elas acordados. Então, espero que ele nos conte uma neste exato momento.

— Obrigado, minha pequena Primavera — disse Eustáquio — certamente você vai ouvir a melhor história que eu puder lembrar, mesmo que seja apenas por ter me defendido tão bem da nossa travessa Prímula. Mas, crianças, eu já contei tantos contos de fadas, que duvido que haja um único que vocês não tenham ouvido pelo menos duas vezes. Receio que vocês durmam de verdade se eu repetir qualquer um deles mais uma vez.

— Não, não, não! — gritaram Miosótis, Pervinca, Banana-da-terra e mais meia dúzia delas. — Gostamos ainda mais de uma história depois de tê-la ouvido duas ou três vezes.

E é verdade, no que diz respeito às crianças, que uma história parece muitas vezes deixar uma marca cada vez mais profunda no interesse delas, não apenas por duas ou três, mas por inúmeras repetições. Mas Eustáquio Bright, na exuberância de suas qualidades, desprezou uma vantagem que um contador de histórias mais velho teria prazer em aproveitar.

— Seria uma grande pena — disse ele — se um homem com o meu conhecimento (para não falar da fantasia original) não pudesse encontrar uma nova história todos os dias, ano após ano, para crianças como vocês. Então, vou lhes contar uma das histórias infantis que foram feitas para a diversão de nossa bisavó, a Terra, quando ela era uma criança de vestido e babador. Existem centenas dessas histórias e fico surpreso que elas não tenham sido colocadas em livros ilustrados para meninas e meninos. Mas, em vez disso, velhos avôs de barba grisalha se debruçam sobre elas em livros embolorados e escritos em grego, e se confundem tentando descobrir quando, como e por que elas foram criadas.

— Tudo bem, tudo bem, tudo bem, primo Eustáquio! — gritaram todas as crianças ao mesmo tempo. — Pare de falar de suas histórias e comece logo.

— Sentem-se, então, todos vocês — disse Eustáquio Bright — e fiquem quietos como ratinhos. Se vocês fizerem a menor interrupção, seja da grande e travessa Prímula, do pequeno Dente-de-leão ou de qualquer outro de vocês, vou encurtar a história com os dentes e engolir a parte não contada. Mas, em primeiro lugar, algum de vocês sabe o que é uma górgona?

— Eu sei — disse Prímula.

— Então segure sua língua! — replicou Eustáquio, que preferia que ela não soubesse nada sobre o assunto. — Todos segurem suas boquinhas fechadas que vou lhes contar uma história doce e bonita sobre a cabeça de uma górgona.

E assim ele fez, como você poderá ler na próxima página. Aprimorando sua formação de segundo grau com muito tato e devendo grandes favores ao professor Anthon, Eustáquio, no entanto, desconsiderava todas as autoridades clássicas, sempre que a audácia dispersiva de sua imaginação o impelia a fazê-lo.

A CABEÇA DA GÓRGONA

Perseu era filho de Danae, que era filha de um rei. E quando Perseu era bem pequeno, algumas pessoas más colocaram sua mãe e ele em um baú e os deixaram flutuando no mar. O vento soprava suavemente e empurrava o baú para longe da costa, e as ondas inquietas o jogavam para cima e para baixo. Enquanto isso, Danae apertava o filho contra o peito e temia que alguma grande onda arremessasse sua crista espumosa sobre os dois. Porém, o baú navegou, não afundou e nem virou, até que, ao cair da noite, estava flutuando tão perto de uma ilha que se enredou nas redes de um pescador e foi puxado para cima da areia. A ilha chamava-se Sérifo e era governada pelo rei Polidecto, que por acaso era irmão do pescador.

Fico feliz em dizer que esse pescador era um homem extremamente humano e correto. Ele mostrou grande bondade para com Danae e seu filhinho e continuou sendo amigo deles até Perseu se tornar um jovem bonito, muito forte, ativo e hábil no uso de armas. Muito antes dessa época, o rei Polidecto tinha visto os dois estranhos... a mãe e seu filho... que chegaram em seus domínios em um baú flutuante. Como não era bom e bondoso, como seu irmão pescador, mas extremamente perverso, resolveu enviar Perseu para uma perigosa empreitada, na qual provavelmente seria morto, e depois fazer uma grande maldade à própria Danae. Assim, esse rei de coração ruim passou muito tempo pensando sobre a coisa mais perigosa que um jovem poderia realizar. Por fim, tendo imaginado uma empreitada que prometia ser tão fatal quanto ele desejava, mandou chamar o jovem Perseu.

O jovem chegou ao palácio e encontrou o rei sentado em seu trono.

— Perseu — disse o rei Polidecto, sorrindo astutamente para ele —, você cresceu e se tornou um belo rapaz. Você e sua boa mãe receberam muita bondade de mim e também de meu digno irmão pescador, e suponho que não se negaria a retribuir um pouco dessa ajuda.

— Peça o que desejar, Sua Majestade — respondeu Perseu —, eu arriscaria minha vida de bom grado para agradá-lo.

— Bem, então — continuou o rei, ainda com um sorriso astuto nos lábios — tenho uma pequena aventura para lhe propor. E, como você é um jovem corajoso e destemido, sem dúvida verá que é uma grande sorte ter uma oportunidade tão rara de se destacar. Você deve saber, meu bom Perseu, penso em me casar com a bela princesa Hipodâmia, e é costume, nessas ocasiões, presentear a noiva com alguma curiosidade rebuscada e elegante. Fiquei um pouco desorientado, devo confessar honestamente, sobre onde obter algo capaz de agradar a uma princesa de gosto requintado. Mas, esta manhã, tenho o prazer de lhe dizer, pensei no artigo certo.

— E posso ajudar Vossa Majestade a obtê-lo? — respondeu Perseu, ansioso.

— Você pode, se você for um jovem tão corajoso quanto eu acredito que seja — respondeu o rei Polidecto, com toda graciosidade. — O presente nupcial que eu coloquei meu coração em apresentar à bela Hipodâmia é a cabeça da Górgona Medusa com as mechas de serpente, e depende de você, meu querido Perseu, para trazê-la para mim. Como estou ansioso para resolver essa questão com a princesa, quanto mais cedo você for em busca da Górgona, mais satisfeito ficarei.

— Partirei amanhã de manhã — respondeu Perseu.

— Por favor, faça isso, meu jovem galante — respondeu o rei — e, Perseu, ao cortar a cabeça da Górgona, tome cuidado para dar um golpe limpo, para não ferir sua aparência. Você deve trazê-la para casa nas melhores condições, para atender ao gosto requintado da bela princesa Hipodâmia.

Perseu deixou o palácio e não conseguiu ouvir quando Polidecto caiu na gargalhada. Como era um rei perverso, estava se divertindo muito com a facilidade que o jovem havia caído na armadilha. A notícia de que Perseu havia se comprometido a cortar a cabeça de Medusa com as mechas de serpentes espalhou-se rapidamente. Todos se alegraram, pois a maioria dos habitantes da ilha era tão perversa quanto o próprio rei, e não haveria nada melhor para eles do que ver uma desgraça acontecer com Danae e seu filho. O único homem bom nessa infeliz ilha de Sérifo parecia ser o pescador. Enquanto Perseu caminhava, as pessoas apontavam para ele, faziam caretas, piscavam umas para as outras e o ridicularizavam o mais que podiam.

— Ha! Ha! Ha! — gritavam elas. — As cobras da Medusa vão picar todo o corpo dele!

Bem, naquela época havia três Górgonas vivas e elas eram os monstros mais estranhos e terríveis que já existiram desde que o mundo foi criado, ou que foram vistos nos dias após a criação, ou que provavelmente serão vistos em todos os tempos futuros. Não sei muito bem que tipo de criatura ou assombração elas eram. Eram três irmãs e pareciam ter alguma semelhança distante com mulheres, mas eram na realidade uma espécie de dragão muito assustadora e malvada. De fato, é difícil imaginar que seres hediondos eram essas três irmãs. Porque, em vez de mechas de cabelo, acreditem em mim, cada uma delas tinha uma centena de serpentes enormes crescendo em suas cabeças, todas vivas, se mexendo, contorcendo-se, enrolando e mostrando suas línguas venenosas, bifurcadas na ponta! Os dentes das Górgonas eram presas terrivelmente longas, suas mãos eram de bronze e seus corpos eram cobertos de escamas que, se não fossem de ferro, eram feitas de algum material igualmente duro e impenetrável. Elas também tinham asas que eram extremamente esplêndidas, posso lhes garantir, pois cada uma das penas nelas era de ouro puro, brilhante, cintilante e polido, e pareciam muito deslumbrantes, sem dúvida, quando as Górgonas voavam ao sol.

Mas quando as pessoas vislumbravam seu brilho cintilante no ar, raramente paravam para olhar, em invés disso, corriam e se escondiam o mais rápido que podiam. Talvez vocês pensem que as pessoas estavam com medo de serem picadas pelas serpentes que as Górgonas tinham no lugar dos cabelos, ou de terem suas cabeças arrancadas por suas presas horríveis, ou de serem despedaçadas por suas garras de bronze. Bem, com certeza, esses eram alguns dos perigos, mas não os maiores, nem os mais difíceis de evitar. A pior coisa sobre essas abomináveis Górgonas era que, se por acaso um pobre mortal fixasse os olhos no rosto de uma delas, ele certamente seria transformado, naquele mesmo instante, de carne e sangue quentes em pedra fria e sem vida!

Assim, como vocês já devem ter facilmente percebido, era uma aventura muito perigosa que o malvado rei Polidecto havia planejado para esse jovem inocente. O próprio Perseu, quando pensou sobre o assunto, não pôde deixar de ver que ele tinha pouquíssima chance de passar por essa situação com segurança, e que era muito mais provável que ele se tornasse uma imagem de pedra do que trouxesse de volta a cabeça da Medusa com os cachos de serpente. Pois, sem falar nas outras dificuldades, havia uma que teria intrigado um homem mais velho do que Perseu sobre como superá-la. Ele não apenas tinha de lutar e matar esse monstro de asas douradas, escamas de ferro, presas longas, garras de bronze e cabelos de serpente, como também precisava fazê-lo com os olhos fechados ou, pelo menos, sem olhar para o inimigo com quem ele estava lutando. Caso contrário, enquanto seu braço fosse erguido para golpear, ele se tornaria pedra e permaneceria com esse braço erguido por séculos, até que fosse consumido pelo tempo, pelo vento e pelo clima. Seria uma coisa muito triste de acontecer com um jovem que queria realizar muitos atos corajosos e desfrutar de muita felicidade nesse mundo lindo e brilhante.

Esses pensamentos deixaram Perseu tão desconsolado que ele não suportou contar à sua mãe o que ele havia se comprometido a fazer. Então, pegou seu escudo, cingiu sua espada e atravessou da ilha para o continente, onde sentou-se em um lugar solitário, e não conseguiu impedir as lágrimas.

Mas, enquanto ele estava nesse estado de tristeza, ouviu uma voz perto dele.

— Perseu — disse a voz — por que você está triste?

Ele levantou a cabeça que estava escondida entre suas mãos e... olhem só! Apesar de Perseu achar que estivesse sozinho, havia um estranho naquele lugar solitário. Era um jovem vigoroso, inteligente e de aparência notavelmente astuta, com uma capa sobre os ombros, um tipo estranho de boné na cabeça, um cajado estranhamente retorcido na mão e uma espada curta e muito curva pendurada na cintura. Ele parecia ter um corpo extremamente leve e ativo, como uma pessoa bastante acostumada a exercícios físicos, bem capaz de pular ou correr. Acima de tudo, o estranho tinha um aspecto tão alegre, sábio e prestativo (embora fosse um pouco travesso também), que Perseu não pôde deixar de sentir-se mais animado enquanto olhava para ele. Além disso, sendo realmente um jovem corajoso, sentia-se muito envergonhado de que alguém o encontrasse com lágrimas nos olhos, como um garoto tímido, quando, afinal, não havia motivo para desespero. Então Perseu enxugou os olhos e respondeu ao estranho rapidamente, com o olhar mais corajoso possível.

— Não estou tão triste — disse ele — apenas pensativo sobre uma aventura que tenho de realizar.

— Oh! — respondeu o estranho. — Bem, conte-me tudo sobre isso, e talvez eu possa lhe ajudar. Já ajudei muitos jovens em aventuras que pareciam difíceis antes. Talvez você já tenha ouvido falar de mim. Tenho vários nomes, mas pode me chamar de Azougue porque combina comigo tão bem quanto qualquer outro. Diga-me qual é o problema e conversaremos sobre o assunto e veremos o que pode ser feito.

As palavras e os modos daquele estranho deixaram Perseu em um estado de espírito bem diferente do anterior. Ele resolveu contar a Azougue todas as suas dificuldades, já que não poderia ficar pior do que já estava e, muito possivelmente, seu novo amigo poderia lhe dar algum conselho para que tudo acabasse bem. Então ele deixou o estranho saber, em poucas palavras, exatamente qual era o caso, como o rei Polidecto queria a cabeça da Medusa com os cachos de serpente como um presente de noivado para a bela princesa Hipodâmia, e como ele havia se comprometido a conseguir isso para o rei, mas tinha medo de ser transformado em pedra.

— E isso seria uma grande pena — disse Azougue, com seu sorriso travesso. — Você daria uma estátua de mármore muito bonita, é verdade, e levaria um número considerável de séculos antes de se desmanchar. Mas, em geral, as pessoas preferem ser jovens por poucos anos, do que uma imagem de pedra por muitos.

— Oh, é muito melhor! — exclamou Perseu, com lágrimas novamente nos olhos. — E, além disso, o que minha querida mãe faria, se seu amado filho fosse transformado em pedra?

— Bem, bem, vamos torcer para que o caso não termine tão mal — respondeu Azougue, em tom encorajador. — Se alguém pode ajudá-lo, essa pessoa sou eu. Minha irmã e eu faremos o nosso melhor para mantê-lo seguro durante a aventura, por mais feia que a situação pareça agora.

— Sua irmã? — repetiu Perseu.

— Sim, minha irmã — disse o estranho. — Ela é muito sábia, eu lhe garanto. E quanto a mim, geralmente sou bastante perspicaz. Se você se mostrar ousado, cauteloso e seguir nossos conselhos, não precisa ter medo de ser transformado em uma imagem de pedra tão cedo. Mas, antes de tudo, você precisa polir seu escudo, até que possa ver seu rosto nele tão claramente como se fosse um espelho.

Isso pareceu a Perseu um começo estranho da aventura, pois ele achava muito mais importante que o escudo fosse forte o suficiente para defendê-lo das garras de bronze da Górgona do que brilhante o suficiente para mostrar-lhe o reflexo de seu rosto. No entanto, concluindo que Azougue sabia mais do que ele, imediatamente começou a trabalhar e esfregou o escudo com tanta diligência e boa vontade, que rapidamente ficou brilhando como a lua na época da colheita. Azougue olhou para ele com um sorriso e acenou com a cabeça em sinal de aprovação. Então, tirando sua espada curta e curva, ele a colocou na cintura de Perseu, no lugar da que estava usando.

— Nenhuma espada além da minha atenderá ao seu propósito — observou ele — a lâmina tem uma têmpera excelente e cortará ferro e bronze tão facilmente quanto o mais fino galho. E agora partiremos. A próxima coisa é encontrar as Três Mulheres Grisalhas, que nos dirão onde encontrar as ninfas.

— As Três Mulheres Grisalhas! — exclamou Perseu, a quem isso parecia apenas uma nova dificuldade no caminho de sua aventura. — Mas quem são essas Três Mulheres Grisalhas? Nunca ouvi falar delas antes.

— São três senhoras bem velhas e muito estranhas — disse Azougue, rindo — elas têm apenas um olho e um dente que repartem entre si. Além disso, você deve encontrá-las à luz das estrelas, ou ao entardecer, pois elas nunca se mostram à luz do sol ou da lua.

— Mas — disse Perseu — por que eu deveria perder meu tempo com essas Três Mulheres Grisalhas? Não seria melhor sair imediatamente em busca das terríveis Górgonas?

— Não, não — respondeu o amigo — há outras coisas a serem feitas antes que você encontre o caminho para chegar até as Górgonas. Venha, vamos nos mexer!

Perseu, a essa altura, sentia tanta confiança na sagacidade de seu companheiro, que não fez mais objeções e se declarou pronto para começar a aventura imediatamente. Eles partiram e caminharam em um ritmo bastante acelerado; tão acelerado, de fato, que Perseu achou bastante difícil acompanhar seu ágil amigo Azougue. Para dizer a verdade, teve a impressão singular de que Azougue estava usando um par de calçados com asas, o que, é claro, o ajudava de modo maravilhoso. Além disso, quando Perseu olhou de lado para ele, pelo canto do olho, teve a impressão de ver asas na lateral de sua cabeça; embora, se olhasse de frente, não conseguia perceber essas coisas, mas apenas um tipo estranho de boné. Bem, de qualquer forma, o cajado retorcido era evidentemente uma grande conveniência para Azougue, e permitia que avançasse tão rápido que Perseu, embora um jovem notavelmente ativo, começou a ficar sem fôlego.

— Aqui! — gritou Azougue, por fim, pois ele sabia muito bem, de tão esperto que era, como Perseu achava difícil acompanhá-lo — Pegue o cajado, pois você precisa muito mais dele do que eu. Não há caminhantes melhores do que você na ilha de Sérifo?

— Eu poderia andar muito bem — disse Perseu, olhando maliciosamente para os pés de seu companheiro —, se tivesse um par de calçados com asas.

— Precisamos providenciar um par para você — respondeu Azougue.

Mas o cajado ajudou Perseu a continuar com tanta coragem, que não sentiu mais o menor cansaço. Na verdade, o cajado parecia estar vivo em sua mão e emprestava um pouco de sua vida a Perseu. Ele e Azougue agora caminhavam à vontade, conversando muito socialmente. Azougue contou tantas histórias agradáveis sobre suas aventuras anteriores, e como sua inteligência o tinha ajudado em várias ocasiões, que Perseu começou a considerá-lo uma pessoa muito maravilhosa. Ele evidentemente conhecia o mundo e ninguém é tão encantador para um jovem quanto um amigo que tenha esse tipo de conhecimento. Perseu ouvia com muito entusiasmo, na esperança de iluminar sua inteligência.

Por fim, se lembrou de que Azougue havia falado de uma irmã, que deveria ajudá-los na aventura que estavam agora realizando.

— Onde ela está? — perguntou. — Não vamos encontrá-la em breve?

— Tudo na hora certa – disse seu companheiro — Mas você precisa entender que minha irmã é uma pessoa bem diferente de mim. Ela é muito séria e prudente, raramente sorri, nunca ri e segue uma regra de não pronunciar uma palavra a menos que tenha algo particularmente profundo a dizer. Ela também só presta atenção a uma conversa mais sábia.

— Meu Deus! — exclamou. — Vou ter medo de dizer uma sílaba.

— Ela é uma pessoa muito talentosa, eu lhe garanto — continuou Azougue — e tem todas as artes e ciências na ponta dos dedos. Em resumo, ela é tão sábia que muitas pessoas a chamam de sabedoria personificada. Para lhe dizer a verdade, ela não tem vivacidade suficiente para o meu gosto e acho que você dificilmente a acharia uma companheira de viagem tão agradável quanto eu. Contudo, ela tem seus pontos positivos e você conhecerá o benefício deles em seu encontro com as Górgonas.

A essa altura, já estava bastante escuro. Eles haviam chegado a um lugar muito selvagem e deserto, coberto de arbustos desgrenhados, e tão silencioso e solitário que ninguém parecia ter morado ou viajado até ali. Tudo estava destruído e abandonado naquele crepúsculo cinzento, que se tornava mais obscuro a cada momento. Perseu olhou em volta, um tanto desconsolado, e perguntou a Azougue se eles tinham muito mais a percorrer.

— Shiu! Shiu! — sussurrou seu companheiro. — Não faça barulho! Esta é a hora e o lugar para encontrar as Três Mulheres Grisalhas. Tenha cuidado para que elas não vejam você antes que você as veja, pois, embora tenham apenas um olho para as três, ele é tão preciso que enxerga tão bem quanto meia dúzia de olhos comuns.

— Mas o que devo fazer — perguntou Perseu — quando as encontrarmos?

Azougue explicou a Perseu como as Três Mulheres Grisalhas faziam com um único olho. Ao que parece, elas tinham o hábito de passá-lo de uma para a outra, como se fosse um par de óculos ou.... considerando o caso delas... um monóculo. Quando uma das três já estava com o olho por certo tempo, ela o tirava do lugar e o passava para uma de suas irmãs, de quem seria a vez, e que imediatamente o enfiava na própria cabeça, e desfrutava de dar uma espiada no mundo visível. Assim, é fácil de entender que apenas uma das Três Mulheres Grisalhas podia ver, enquanto as outras duas estavam em total escuridão; e, além disso, no instante em que o olho passava de mão em mão, nenhuma das pobres velhinhas conseguia ver nem por um instante. Ouvi falar de muitas coisas estranhas, em meus dias, e testemunhei várias delas, mas parece-me que nenhuma pode se comparar com a estranheza dessas Três Mulheres Grisalhas, todas espiando através de um único olho.

Perseu também pensava da mesma forma, e ficou tão surpreso que quase imaginou que seu companheiro estava brincando com ele, e que não havia mulheres tão velhas no mundo.

— Você logo descobrirá se estou falando a verdade ou não — observou Azougue — ouça! Silêncio! shiu! shiu! Lá vêm elas, agora!

Perseu olhou seriamente através do crepúsculo vespertino, e lá, com certeza, não muito longe, avistou as Três Mulheres Grisalhas. A luz era tão fraca que ele não conseguia distinguir que tipo de figuras eram. Apenas descobriu que elas tinham longos cabelos grisalhos. Quando se aproximaram, ele percebeu que duas delas tinham apenas o buraco do olho vazio no meio da testa. Mas, no meio da testa da terceira irmã, havia um grande, brilhante e penetrante olho, que brilhava como um grande diamante em um anel. Parecia ser tão penetrante que Perseu não pôde deixar de pensar que deveria possuir o dom de ver na mais escura meia-noite tão perfeitamente quanto ao meio-dia. A visão dos olhos de três pessoas havia sido fundida e reunida naquele único olho.

Assim, as três velhas damas avançavam juntas de modo tão confortável, como se todas pudessem ver ao mesmo tempo. Aquela que tinha o olho na testa conduzia as outras duas pelas mãos, espiando o tempo todo ao seu redor, de modo que Perseu temia que ela pudesse ver através da espessa moita de arbustos atrás da qual ele e Azougue haviam se escondido. Puxa vida! Era absolutamente terrível estar ao alcance de um olho tão penetrante! Mas, antes de chegarem aos arbustos, uma das Três Mulheres Grisalhas falou:

— Irmã! Irmã Espantalho! — gritou ela. — Você já ficou tempo suficiente com o olho. Agora é a minha vez!

— Deixe-me ficar mais um momento, Irmã Pesadelo — respondeu Espantalho.

— Acho que vislumbrei algo por trás daquele arbusto espesso.

— Bem, e daí? — retrucou Pesadelo, irritada. — Será que não posso ver um arbusto espesso tão bem quanto você? O olho é meu tanto quanto é seu, e sei usá-lo tão bem quanto você, ou talvez até um pouco melhor. Eu insisto em dar uma espiada imediatamente!

Mas nesse momento, a terceira irmã, cujo nome era Bate-Queixo, começou a reclamar e disse que era a vez de ela ficar com o olho, e que Espantalho e Pesadelo queriam ficar com tudo para elas. Para acabar com a briga, a velha dama Espantalho tirou o olho de sua testa e segurou-o na mão.

— Peguem-no, uma de vocês — exclamou ela — e parem com essa briga idiota. De minha parte, ficarei feliz com um pouco de escuridão. Peguem-no logo ou vou colocá-lo na minha cabeça de novo!

Assim, Pesadelo e Bate-Queixo estenderam as mãos, tateando ansiosamente para arrancar o olho da mão de Espantalho. Mas, sendo ambas igualmente cegas, não conseguiam encontrar a mão de Espantalho com facilidade, e Espantalho, agora tão no escuro quanto as outras, não conseguia encontrar nenhuma das mãos para colocar o olho. Então (como vocês podem ver, com um olho só, meus pequenos e sábios auditores), essas boas e velhas damas caíram em uma estranha confusão. Pois, embora o olho brilhasse como uma estrela, quando Espantalho o estendia, as Mulheres Grisalhas não conseguiam captar o menor vislumbre de sua luz, e estavam todas as três na escuridão total, muito impacientes com o desejo de enxergar algo.

Azougue estava se divertindo tanto ao ver Bate-Queixo e Pesadelo tateando pelo olho, e cada uma delas reclamando de Espantalho e uma da outra, que ele quase não conseguia deixar de cair na risada.

— Agora é a sua chance! — ele sussurrou para Perseu. — Rápido, rápido! Antes que elas possam colocar o olho em qualquer uma de suas cabeças. Corra até as velhinhas e arranque-o da mão de Espantalho!

Em um instante, enquanto as Três Mulheres Grisalhas ainda estavam brigando umas com as outras, Perseu saltou de trás da moita de arbustos e se apossou do prêmio. Enquanto ele segurava o olho maravilhoso na mão, que brilhava muito forte e parecia olhar para seu rosto com um ar de quem o conhecia e com uma expressão de que teria piscado se tivesse um par de pálpebras para isso. Mas as Mulheres Grisalhas não sabiam nada do que havia acontecido e, cada uma supondo que uma de suas irmãs estava de posse do olho, recomeçaram a briga. Por fim, como Perseu não queria causar a essas respeitáveis damas maiores inconveniências do que era realmente necessário, achou correto explicar o assunto.

— Minhas boas senhoras — disse ele —, por favor, não fiquem zangadas umas com as outras. Se alguém tem alguma culpa aqui, sou eu, pois tenho a honra de segurar seu olho brilhante e excelente em minhas mãos!

— Você! Você está com nosso olho! E quem é você? — gritaram as Três Mulheres Grisalhas, todas sem fôlego, pois ficaram terrivelmente assustadas, é claro, ao ouvir uma voz estranha e descobrir que sua visão havia caído nas mãos de quem não conseguiam adivinhar quem era. — Oh, o que devemos fazer, irmãs? O que devemos fazer? Estamos todas no escuro! Dê-nos nosso olho! Dê-nos nosso único, precioso e solitário olho! Você tem os seus dois! Dê-nos nosso olho!

— Diga a elas — sussurrou Azougue para Perseu — que terão o olho de volta assim que lhe indicarem onde encontrar as ninfas que têm sandálias voadoras, o estojo mágico e o capacete da invisibilidade.

— Minhas queridas, boas e admiráveis velhinhas — disse Perseu, dirigindo-se às Mulheres Grisalhas — não há motivo para se assustarem tanto. Não sou de forma alguma um jovem mau. Vocês terão vosso olho de volta, são e salvo, e tão brilhante como sempre, no momento em que me disserem onde encontrar as ninfas.

— As ninfas! Meu Deus! Irmãs, de que ninfas ele está falando? — gritou Espantalho. — As pessoas dizem que existem muitas ninfas, algumas que caçam na floresta, algumas vivem dentro das árvores e outras têm de ter uma casa confortável em fontes de água. Não sabemos absolutamente nada sobre elas. Somos três almas velhas infelizes, que vagam no crepúsculo, e nunca tivemos nada além de um olho entre nós, aquele que você roubou. Oh, devolva-o, bom estranho! Quem quer que você seja, devolva-o!

Enquanto falavam, as Três Mulheres Grisalhas tateavam com as mãos estendidas e tentavam ao máximo alcançar Perseu. Mas ele tomou muito cuidado para se manter fora do alcance delas.

— Minhas respeitáveis damas — disse ele, pois sua mãe o ensinara a usar sempre a maior civilidade — tenho o olho de vocês a salvo em minha mão e o guardarei em segurança até que vocês, por favor, me digam onde encontrar essas ninfas. As ninfas às quais me refiro são as que guardam o estojo encantado, as sandálias voadoras e o que mais?... ah! sim... o capacete da invisibilidade.

— Misericórdia de nós, irmãs! Do que o jovem está falando? — exclamaram Espantalho, Pesadelo e Bate-Queixo, uma para a outra, com aparência de grande espanto. — Um par de sandálias voadoras, disse ele! Seus calcanhares voariam rapidamente acima de sua cabeça, se ele fosse tolo o suficiente para colocá-los. E um capacete de invisibilidade! Como um capacete poderia torná-lo invisível... a menos que fosse grande o suficiente para ele se esconder embaixo dele? E um estojo encantado! Que tipo de invenção seria essa? Não, não, bom estranho! Não podemos dizer nada sobre essas coisas maravilhosas. Você tem os próprios olhos, e nós temos apenas um entre nós três. Você pode descobrir essas maravilhas melhor do que três velhas criaturas cegas, como nós.

Perseu, ouvindo-as falar dessa maneira, começou realmente a pensar que as Mulheres Grisalhas nada sabiam sobre o assunto; e, como lamentava tê-las colocado em tantos problemas, estava prestes a devolver o olho delas e pedir perdão por sua grosseria em tirá-lo. Mas Azougue segurou sua mão e disse:

— Não deixe que elas façam você de tolo! Essas Três Mulheres Grisalhas são as únicas pessoas no mundo que podem lhe dizer onde encontrar as ninfas; e, a menos que você obtenha essa informação, nunca conseguirá cortar a cabeça da Medusa com as mechas de serpentes. Segure firme o olho, e tudo vai dar certo.

Como veremos depois, Azougue estava certo. Há poucas coisas que as pessoas valorizam tanto quanto sua visão e as Mulheres Grisalhas valorizavam tanto seu único olho como se fosse meia dúzia, que era o número que deveriam ter. Ao perceberem que não havia outra maneira de recuperá-lo, elas finalmente disseram a Perseu o que ele queria saber. Assim que o fizeram, ele imediatamente, e com o máximo respeito, encaixou o olho na órbita vazia na testa de uma delas, agradeceu a gentileza e despediu-se. No entanto, antes que o jovem já estivesse bem longe, elas entraram em uma nova discussão, porque por acaso ele havia dado o olho a Espantalho, que já havia tido sua vez quando o problema delas com Perseu começou.

É muito preocupante esse hábito que as Três Mulheres Grisalhas tinham de perturbar a harmonia entre elas com brigas desse tipo. Isso é realmente lamentável, pois elas não podiam viver bem uma sem a outra, e evidentemente tinham de ser companheiras inseparáveis. De modo geral, aconselho todas as pessoas, sejam irmãs ou irmãos, velhos ou jovens, que porventura tenham apenas um olho entre si, que cultivem a paciência, e que não insistam em usar o olho todas de uma só vez.

Enquanto isso, Azougue e Perseu estavam se empenhando na busca das ninfas. As velhas damas deram-lhes indicações tão detalhadas que não demoraram a encontrá-las. Elas pareciam ser pessoas bem diferentes de Pesadelo, Bate-Queixo e Espantalho, pois, em vez de serem velhas, eram jovens e belas, e, em vez de um olho só compartilhado entre as irmãs, cada ninfa tinha dois olhos extremamente brilhantes, com os quais olhavam de modo muito gentil para Perseu. Elas pareciam estar familiarizadas com Azougue; e, quando ele lhes contou a aventura que Perseu havia empreendido, elas não tiveram dificuldade em entregar-lhe os valiosos artigos que estavam sob sua custódia. Em primeiro lugar, elas trouxeram o que parecia ser uma pequena bolsa, feita de camurça e curiosamente bordada, e pediram a ele que tomasse cuidado e a guardasse. Esse era o estojo mágico. Em seguida, as ninfas trouxeram um par de sapatos, ou chinelos, ou sandálias, com um belo par de asas no calcanhar de cada um.

— Coloque-os, Perseu — disse Azougue — você sentirá seus pés extremamente leves pelo resto de nossa jornada.

Então Perseu começou a calçar uma das sandálias, enquanto colocava a outra no chão ao seu lado. Inesperadamente, porém, essa outra sandália abriu as asas, elevou-se do chão e provavelmente teria voado para longe, se Azougue não tivesse dado um salto e felizmente a capturado no ar.

— Tenha mais cuidado — disse ele, enquanto a devolvia a Perseu. — assustaria os pássaros, lá no alto, se vissem uma sandália voadora entre eles.

Quando Perseu colocou essas duas sandálias maravilhosas, ele sentiu-se muito leve ao pisar na terra. Dando um passo ou dois, vejam só! Ele saltava no ar, bem acima das cabeças de Azougue e das ninfas, e achou muito difícil descer novamente. Sandálias com asas e todos esses artifícios voadores são bem difíceis de manusear, até a pessoa se acostumar um pouco com eles. Azougue riu das manobras involuntárias de seu companheiro e disse-lhe que não devia ter tanta pressa e, sim, esperar, até experimentar o capacete da invisibilidade.

As amáveis ninfas estavam com o capacete, com seu tufo escuro de plumas ondulantes, tudo pronto para colocar na cabeça de Perseu. E, nesse momento, aconteceu um incidente tão maravilhoso quanto tudo que já contei a vocês. No instante em que o capacete foi colocado nele, ali estava Perseu, um belo jovem, com cachos dourados e bochechas rosadas, a espada curva ao seu lado e o escudo polido em seu braço... Uma figura que parecia toda feita de coragem, vivacidade e luz gloriosa. Mas quando o capacete desceu sobre sua testa branca, não havia mais Perseu para ser visto! Nada além de ar vazio! Até o capacete, que o cobria com sua invisibilidade, havia desaparecido!

— Onde você está, Perseu? — perguntou Azougue.

— Por quê? Estou aqui mesmo com certeza! — respondeu Perseu, com muita calma, embora sua voz parecesse sair da atmosfera transparente. — Exatamente onde eu estava um momento atrás. Você não me vê?

— Não, de jeito nenhum! — respondeu o amigo. — Você está escondido sob o capacete. Mas, se eu não posso vê-lo, as Górgonas também não podem. Então, siga-me, e vamos experimentar sua destreza em usar as sandálias aladas.

Com essas palavras, o boné de Azougue abriu as asas, como se sua cabeça estivesse prestes a voar para longe de seus ombros, mas ele todo se elevou no ar, e Perseu o seguiu. Quando subiram algumas centenas de metros, o jovem começou a sentir que coisa deliciosa era deixar a terra monótona tão abaixo dele e ser capaz de voar como um pássaro.

Já era bem tarde da noite. Perseu olhou para cima e viu a lua redonda, brilhante e prateada, e pensou que não haveria nada melhor do que voar até lá e passar sua vida ali. Então olhou para baixo novamente e viu a terra, com seus mares e lagos, e o curso prateado de seus rios, e seus picos nevados de montanhas, a largura de seus campos, o aglomerado escuro de seus bosques, suas cidades de mármore branco; e, com o luar refletido sobre toda a cena, era tão bonita quanto a lua ou qualquer estrela poderia ser. E, entre outros objetos, viu a ilha de Sérifo, onde estava sua querida mãe. Às vezes ele e Azougue se aproximavam de uma nuvem que, à distância, parecia ser feita de prata felpuda, embora, quando mergulhavam nela, se sentissem gelados e umedecidos com a névoa cinzenta. O voo deles era tão rápido que, em um instante, eles emergiam da nuvem para o luar novamente. Em certo momento, uma águia que estava planando bem alto voou direto contra o invisível Perseu. As visões mais magníficas eram os meteoros, que apareciam brilhando de repente, como se uma fogueira tivesse sido acesa no céu e empalidecia o luar por até 100 quilômetros ao redor deles.

Enquanto os dois companheiros continuavam a voar, Perseu imaginou ouvir o farfalhar de uma vestimenta ao seu lado e vinha do lado oposto àquele onde ele via Azougue, mas apenas Azougue era visível.

— De quem é essa roupa — perguntou Perseu — que fica farfalhando ao meu lado?

— Ah, é da minha irmã! — respondeu Azougue. — Ela está vindo conosco, como eu lhe disse que faria. Não poderíamos fazer nada sem a ajuda da minha irmã. Você não tem ideia de como ela é sábia. Ela também tem uns olhos especiais! Pois ela pode ver você neste momento, tão distintamente como se você não fosse invisível. E arrisco dizer que ela será a primeira a descobrir as Górgonas.

A essa altura, em sua rápida viagem pelo ar, eles avistaram o grande oceano e logo estavam voando sobre ele. Bem abaixo deles, as ondas se agitavam imensamente no meio do mar, ou rolavam uma linha branca de arrebentação nas longas praias, ou espumavam contra os penhascos rochosos, com um rugido estrondoso, no mundo lá embaixo, embora tenham se tornado um murmúrio suave, como a voz de um bebê meio adormecido, antes de chegar aos ouvidos de Perseu. Só então uma voz falou no ar perto dele. Parecia ser a voz de uma mulher, e era melodiosa, embora não exatamente o que poderia ser chamado de doce, mas grave e suave.

— Perseu — disse a voz — ali estão as Górgonas.

— Onde? — exclamou Perseu. — Não consigo vê-las.

— Na praia daquela ilha abaixo de você — respondeu a voz. — Se você atirar uma pedrinha com a mão, ela cairá bem no meio delas.

— Eu disse que ela seria a primeira a encontrá-las — disse Azougue para Perseu. — E aí estão elas!

Bem lá embaixo, 800 ou 900 metros abaixo de onde estava, Perseu notou uma pequena ilha, com o mar quebrando em espuma branca ao redor de sua costa rochosa, exceto de um lado, onde havia uma praia de areia branca como a neve. Ele desceu em direção a ela e, olhando atentamente para um aglomerado ou um amontoado de coisas brilhantes, ao pé de um precipício de rochas negras, eis que lá estavam as terríveis Górgonas! Elas dormiam profundamente, acalmadas pelo estrondo do mar, pois para embalar o sono de criaturas tão ferozes era necessário um barulho que ensurdeceria todo mundo. A luz da lua brilhava em suas escamas de aço e em suas asas douradas, que caíam preguiçosamente sobre a areia. Suas garras de bronze, horríveis de se ver, estavam estendidas e agarravam os fragmentos de rocha criados pelas ondas, enquanto as Górgonas adormecidas sonhavam em despedaçar algum pobre mortal. As cobras que lhes serviam de cabelos pareciam também estar dormindo, embora, de vez em quando, alguma delas se contorcesse, levantasse a cabeça, esticasse a língua bifurcada, emitindo um sibilo sonolento, e depois se deixasse afundar entre suas serpentes irmãs.

As Górgonas pareciam um tipo de inseto terrível e gigantesco, imensos besouros de asas douradas, ou libélulas, ou coisas desse tipo. Eram ao mesmo tempo feias e belas, como qualquer outra coisa, só que eram mil vezes, um milhão de vezes maiores. E, com tudo isso, havia algo parcialmente humano nelas também. Felizmente para Perseu, devido à posição em que estavam deitadas, os rostos delas ficavam completamente escondidos, pois, se ele olhasse um instante para elas, teria caído pesadamente do ar, uma imagem de pedra inconsciente.

— Agora! — sussurrou Azougue, enquanto pairava ao lado de Perseu. — Agora é sua hora de agir! Seja rápido porque se uma das Górgonas acordar, será tarde demais para você!

— Qual devo atacar? — perguntou Perseu, desembainhando sua espada e descendo um pouco mais. — Todas as três são parecidas. Todas as três têm mechas de serpentes. Qual das três é a Medusa?

Deve-se entender que Medusa era a única daqueles monstros-dragões cuja cabeça Perseu poderia cortar. Quanto às outras duas, mesmo que ele tivesse a espada mais afiada que já foi forjada e pudesse ficar cortando suas cabeças por uma hora, não lhes causaria o menor dano.

— Seja cauteloso — disse a voz calma que antes havia falado com ele.

— Uma das Górgonas está se mexendo em seu sono, e está prestes a se virar. Essa é a Medusa. Não olhe para ela! A visão o transformaria em pedra! Olhe para o reflexo do rosto e do corpo dela em seu escudo brilhante.

Perseu agora entendia o motivo de Azougue exortá-lo tão fervorosamente a polir seu escudo. Em sua superfície ele podia olhar com segurança para o reflexo do rosto da Górgona. E lá estava ele, aquele semblante terrível, espelhado no brilho do escudo, com o luar caindo sobre ele e exibindo todo o seu horror. As serpentes, cujas naturezas venenosas não conseguiam dormir completamente, continuavam se contorcendo sobre a testa. Era o rosto mais feroz e horrível que já havia visto ou imaginado, e ainda assim tinha um tipo de beleza estranho, pavoroso e selvagem. Os olhos estavam fechados, e a Górgona ainda estava em um sono profundo, mas havia uma expressão inquieta perturbando suas feições, como se o monstro estivesse preocupado com um sonho feio. Ela cerrou suas presas brancas e cavou na areia com suas garras de bronze. As serpentes também pareciam sentir o sonho de Medusa e ficaram mais inquietas com ele. Elas se entrelaçaram em nós tumultuosos, se contorceram ferozmente e ergueram uma centena de cabeças sibilantes, sem abrir os olhos.

— Agora, agora! — sussurrou Azougue, que estava ficando impaciente. — Ataque o monstro!

— Mas fique calmo — disse a voz grave e melodiosa ao lado do jovem.

— Olhe em seu escudo, enquanto você voa até lá embaixo, e tome cuidado para não errar seu primeiro golpe.

Perseu voou cautelosamente para baixo, ainda mantendo os olhos no rosto de Medusa refletido em seu escudo. Quanto mais se aproximava, mais terrível se tornava o rosto de serpente e o corpo metálico do monstro. Por fim, quando ele se viu pairando sobre ela à distância de um braço, Perseu ergueu sua espada, enquanto, no mesmo instante, cada cobra separada na cabeça da Górgona se estendia ameaçadoramente para cima, e Medusa abriu os olhos. Mas ela acordou tarde demais. A espada era afiada; o golpe caiu como um relâmpago; e a cabeça da perversa Medusa caiu de seu corpo!

— Realizado de modo admirável! — gritou Azougue. — Apresse-se e coloque a cabeça em seu estojo mágico.

Para espanto de Perseu, o pequeno estojo bordado, que ele tinha pendurado no pescoço, e que até então não era maior que uma bolsa, cresceu de uma só vez o suficiente para conter a cabeça de Medusa. Tão rápido quanto o pensamento, ele a agarrou, com as serpentes ainda se contorcendo sobre ela, e a enfiou lá dentro.

— Sua tarefa está cumprida — disse a voz suave. — Agora voe, pois as outras Górgonas farão o máximo para se vingar da morte de Medusa.

Era, de fato, necessário levantar voo, pois Perseu não havia agido tão silenciosamente, então o golpe de sua espada, o sibilar das serpentes e o baque da cabeça de Medusa ao cair na areia dura do mar, acordaram os outros dois monstros. Eles ficaram ali sentados, por um instante, sonolentos, esfregando os olhos com os dedos de bronze, enquanto todas as serpentes em suas cabeças se eriçavam com surpresa e com malícia venenosa contra o que não sabiam o era. Mas quando as Górgonas viram a carcaça escamosa da Medusa, sem cabeça, com suas asas douradas em pedaços e meio espalhadas na areia, foi realmente horrível ouvir os gritos e guinchos delas. E, em seguida, as serpentes! Elas emitiram centenas de sibilos, todas ao mesmo tempo, e as serpentes de Medusa responderam a elas de dentro do estojo mágico.

Assim que as Górgonas acordaram, lançaram-se no ar, brandindo suas garras de bronze, rangendo suas horríveis presas e batendo suas enormes asas tão violentamente que algumas das penas douradas se soltaram e flutuaram até a praia. E, talvez, essas mesmas penas estejam espalhadas por ali até hoje. As Górgonas ergueram-se, como eu já havia dito, olhando de forma terrível ao redor, na esperança de transformar alguém em pedra. Se Perseu as tivesse olhado no rosto ou se tivesse caído em suas garras, sua pobre mãe nunca mais teria beijado o filho novamente! Mas ele teve o cuidado de virar os olhos para outro lado e, como usava o capacete da invisibilidade, as Górgonas não sabiam em que direção procurá-lo; ele também fez o melhor uso das sandálias aladas, subindo mais ou menos um quilômetro na perpendicular. Daquela altura, quando os gritos daquelas criaturas abomináveis soaram fracamente abaixo dele, ele rumou direto para a ilha de Sérifo, a fim de levar a cabeça de Medusa ao rei Polidecto.

Não tenho tempo para lhe contar várias coisas maravilhosas que aconteceram a Perseu, a caminho de casa: como ele matou um monstro marinho hediondo, quando este estava a ponto de devorar uma bela donzela ou como ele transformou um gigante enorme em uma montanha de pedra, simplesmente mostrando-lhe a cabeça da Górgona. Se você duvida dessa última história, pode fazer uma viagem à África, algum dia desses, e ver a própria montanha, que ainda é conhecida pelo nome do antigo gigante.

Finalmente, nosso bravo Perseu chegou à ilha, onde esperava ver sua querida mãe. Mas, durante sua ausência, o malvado rei tratou Danae tão mal que ela foi obrigada a fugir e se refugiar em um templo, onde alguns bons e velhos sacerdotes eram extremamente gentis com ela. Esses louváveis sacerdotes e o bondoso pescador, que pela primeira vez mostrara hospitalidade a Danae e ao pequeno Perseu quando os encontrou flutuando no baú, parecem ter sido as únicas pessoas na ilha que se preocupavam em fazer o que era certo. O restante do povo, assim como o próprio rei Polidecto, tinha um comportamento extremamente maldoso e não merecia destino melhor do que aquele que estava para acontecer.

Não encontrando sua mãe em casa, Perseu foi direto ao palácio e foi imediatamente conduzido à presença do rei. Polidecto não ficou feliz em vê-lo, pois tinha quase certeza, em sua mente maligna, que as Górgonas iriam despedaçar o pobre jovem e o devorar em seguida. No entanto, vendo-o de volta em segurança, ele fez a melhor cara possível e perguntou a Perseu como ele havia conseguido realizar aquela façanha.

— Você cumpriu sua promessa? — perguntou ele. — Você me trouxe a cabeça de Medusa com as mechas de serpente? Caso contrário, meu jovem, isso vai lhe custar caro, pois preciso ter um presente de noivado para a bela princesa Hipodâmia, e não há mais nada que ela queira tanto.

— Sim, com certeza, Vossa Majestade — respondeu Perseu, calmamente, como se não fosse um feito muito maravilhoso para alguém tão jovem quanto ele realizar. — Eu trouxe a cabeça da Górgona, com as mechas de serpentes e tudo!

— Verdade? Deixe-me ver, então! — disse o rei Polidecto. — Deve ser algo muito curioso, se tudo o que os viajantes contam sobre ela for verdade!

— Vossa Majestade tem razão — respondeu Perseu. — É realmente um objeto que certamente atrairá a atenção de todos que o olharem. E, se Vossa Majestade achar conveniente, sugiro que seja proclamado um feriado e que todos os súditos de Vossa

Majestade sejam convocados para contemplar essa maravilhosa curiosidade. Imagino que poucos deles já viram uma cabeça de Górgona e talvez nunca mais possam ver!

O rei sabia muito bem que seus súditos eram um grupo de malvados ociosos que gostavam muito de curiosidades, como costuma acontecer com pessoas ociosas. Então ele seguiu o conselho do jovem, e enviou arautos e mensageiros, em todas as direções, para tocar a trombeta nas esquinas das ruas, nas praças e todos os cruzamentos para convocar todos para a corte. Então, surgiu uma grande multidão de vagabundos inúteis, todos os quais, por puro amor à maldade, teriam ficado felizes se Perseu tivesse sofrido algum mal em seu encontro com as Górgonas. Se houvesse pessoas melhores na ilha (como eu realmente espero que tenha havido, embora a história não conte nada sobre isso), elas devem ter ficado quietas em casa, cuidando de seus negócios e de seus filhos pequenos. A maioria dos habitantes, em todo caso, correu o mais rápido que pôde para o palácio, empurrando, puxando e dando cotoveladas uns nos outros, na ânsia de chegar perto de uma sacada, na qual estava Perseu, segurando o estojo bordado na mão.

Em uma plataforma, bem à vista da sacada, o poderoso rei Polidecto estava sentado, entre seus perversos conselheiros e com seus cortesãos lisonjeiros em semicírculo ao redor dele. Monarca, conselheiros, cortesãos e súditos, todos olhavam ansiosamente para Perseu.

— Mostre-nos a cabeça! Mostre-nos a cabeça! — gritava o povo, e havia uma ferocidade em seu clamor, como se fossem despedaçar Perseu, a menos que ele os satisfizesse com o que tinha para mostrar. — Mostre-nos a cabeça da Medusa com as mechas de serpente!

Um sentimento de tristeza e piedade tomou conta do jovem Perseu.

— Oh, rei Polidecto — exclamou ele — e todos vocês que estão aqui, estou muito relutante em lhes mostrar a cabeça da Górgona!

— Ah, o vilão é covarde! — gritou o povo, mais ferozmente do que antes. — Ele está brincando conosco! Ele não tem a cabeça de Górgona! Mostre-nos a cabeça, se você a tiver, ou usaremos a sua cabeça como uma bola de futebol!

Os perversos conselheiros sussurraram maus conselhos no ouvido do rei, os cortesãos murmuraram, em consentimento, que Perseu havia mostrado desrespeito ao seu senhor e mestre real, e o próprio grande rei Polidecto acenou com a mão e ordenou-lhe, com a voz severa e profunda de autoridade, que mostrasse a cabeça ou estaria correndo perigo de morte.

— Mostre-me a cabeça da Górgona, ou cortarei a sua!

E Perseu suspirou.

— Nesse instante — repetiu Polidecto —, ou você morre!

— Olhem para ela, então! — gritou Perseu, com a voz que parecia uma trombeta.

E, levantando subitamente a cabeça, nenhuma pálpebra teve tempo de piscar diante do perverso rei Polidecto, seus perversos conselheiros e todos os seus ferozes súditos não eram mais que meras imagens de um monarca e seu povo. Estavam todos paralisados, para sempre, no olhar e atitude daquele momento! Ao primeiro vislumbre da terrível cabeça de Medusa, eles se transformaram em mármore! E Perseu enfiou a cabeça de volta no estojo e foi dizer à sua querida mãe que ela não precisava mais ter medo do malvado rei Polidecto.

Nathaniel Hawthorne

VARANDA DE TANGLEWOOD
Depois da história

— Não foi uma história maravilhosa? — perguntou Eustáquio.

— Ah, sim, sim! — gritou Primavera, batendo palmas. — E essas velhas engraçadas, com apenas um olho para todas elas! Nunca ouvi falar de uma coisa tão estranha.

— Quanto ao dente que elas compartilhavam — observou Prímula —, não havia nada de maravilhoso nisso. Acredito que era um dente postiço. Mas achei ridículo demais você transformar Mercúrio em Azougue e falar sobre a irmã dele!

— E ela não era irmã dele? — perguntou Eustáquio Bright. — Se eu tivesse pensado nisso antes, eu a teria descrito como uma donzela, que tinha uma coruja de estimação!

— Bem, de qualquer forma — disse Prímula — sua história parece ter afastado a névoa.

E, de fato, enquanto a história avançava, os vapores tinham se dissipado da paisagem. Agora era possível ver um cenário que os espectadores quase imaginaram ter sido criado depois da última vez que olharam naquela direção. A cerca de um quilômetro de distância, no fundo do vale, surgiu um belo lago, que refletia uma imagem perfeita de suas margens arborizadas e dos cumes das colinas mais distantes. Ele brilhava em tranquilidade vítrea, sem nenhum traço de uma brisa soprando em qualquer parte de sua superfície. Além de sua margem mais distante estava a Montanha Monumento, em posição inclinada, estendendo-se quase por todo o vale. Eustáquio Bright comparou-a a uma enorme esfinge sem cabeça, envolta em um xale persa; e, de fato, tão rica e diversificada era a folhagem outonal de seus bosques, que a comparação do xale não era de modo algum colorida demais para a realidade. Na parte mais baixa, entre Tanglewood e o lago, as árvores e as bordas da floresta tinham, em sua maioria, folhas douradas ou marrom-escuro, pois haviam sofrido mais com a geada do que a folhagem nas encostas das colinas.

Sobre toda essa cena havia um sol maravilhoso, misturado com uma leve neblina, que a tornava indescritivelmente suave e delicada. Ah, seria um belo dia de verão! As crianças pegaram suas cestas e partiram, com pulos, saltos e todo tipo de brincadeiras e cambalhotas; enquanto o primo Eustáquio provava sua aptidão para comandar o grupo, superando todas as suas travessuras e realizando várias novas cambalhotas, que nenhuma das crianças tinha a esperança de imitar. Atrás vinha um bom e velho cachorro, cujo nome era Ben. Ele era um dos quadrúpedes mais respeitáveis e bondosos, e provavelmente achava que era seu dever não confiar nas crianças longe de seus pais sem um guardião melhor do que aquele cabeça de vento do Eustáquio Bright.

O TOQUE DOURADO

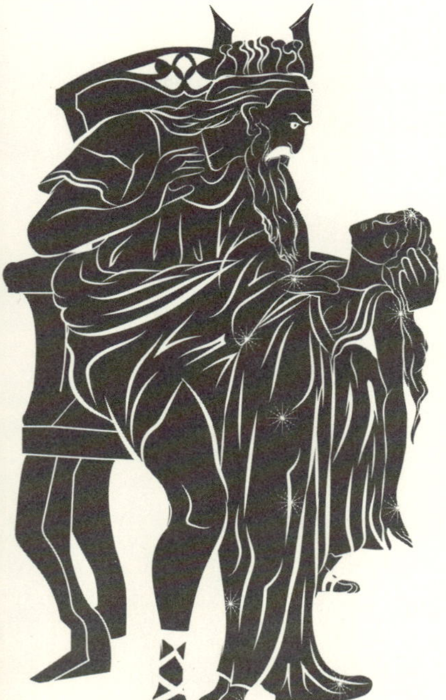

Nathaniel Hawthorne

RIACHO SOMBRIO
Introdução a *O Toque Dourado*

AO MEIO-DIA, NOSSO GRUPO JUVENIL se reuniu em um vale, em cujas profundezas corria um pequeno riacho. O vale era estreito, e suas encostas íngremes, da margem do riacho para cima, eram densamente arborizadas, principalmente com nogueiras e castanheiras, entre as quais cresciam alguns carvalhos e bordos. No verão, a sombra de tantos ramos amontoados, sobrepostos e misturados ao longo do riacho, era tão intensa que produzia um crepúsculo ao meio-dia. Daí veio o nome de Riacho Sombrio. Mas agora, desde que o outono chegara nesse lugar isolado, todo o verde escuro havia sido transformado em dourado, de modo que, em vez do vale encher-se de sombras, ele ficava todo iluminado. As folhas amarelas brilhantes, mesmo que fosse um dia nublado, pareciam manter a luz do sol nelas e um número tão grande delas havia caído que cobriam todo o leito e a margem do riacho com a luz do sol também. Assim, o recanto com sombras, onde o próprio verão se refrescava, era agora o local mais ensolarado que poderia se encontrar.

    O pequeno riacho percorria seu caminho dourado, parando aqui para formar um lago, no qual os peixes corriam de um lado para o outro, e, depois, avançando mais rápido, como se estivesse com pressa de chegar ao lago; e, esquecendo-se de olhar para onde ia, tropeçava na raiz de uma árvore, que se estendia por toda a sua corrente. Você teria rido ao ouvir o quão ruidosamente ele balbuciava sobre esse acidente. E mesmo depois de continuar em frente, o riacho continuava falando sozinho, como se estivesse em um labirinto. Suponho que tenha ficado maravilhado ao encontrar seu vale escuro tão iluminado e ao ouvir a tagarelice e a alegria de tantas crianças. Então ele fugiu o mais rápido que pôde e escondeu-se no lago.

No vale do Riacho Sombrio, Eustáquio Bright e seus amiguinhos comeram seu almoço. Trouxeram muitas coisas boas de Tanglewood em suas cestas e as espalharam nos tocos das árvores e nos troncos cobertos de musgo, divertiram-se muito e tiveram um jantar delicioso. Depois que terminaram, ninguém sentiu vontade de se mexer.

— Vamos descansar aqui — disseram várias crianças — enquanto o primo Eustáquio nos conta outra de suas lindas histórias.

O primo Eustáquio tinha todo o direito de estar cansado, assim como as crianças, pois havia realizado grandes feitos naquela manhã memorável. Dente-de-leão, Trevo, Primavera e Ranúnculo estavam quase convencidos de que ele tinha chinelos com asas, como aqueles que as Ninfas deram a Perseu, pois muitas vezes o estudante aparecia na ponta de uma nogueira, quando apenas um momento antes ele estava de pé no chão. E então, que chuvas de nozes ele mandava sobre as cabeças das crianças para que suas mãozinhas se ocupassem de juntá-las nas cestas! Em resumo, ele era tão ativo quanto um esquilo ou um macaco, e agora, jogando-se sobre as folhas amarelas, parecia inclinado a descansar um pouco.

Mas as crianças não têm piedade nem consideração pelo cansaço de ninguém; e se você tivesse apenas um único fôlego, eles pediriam que você o gastasse contando uma história.

— Primo Eustáquio — disse Primavera — a história da Cabeça de Górgona foi muito bonita. Você acha que poderia nos contar outra tão boa?

— Sim, criança — disse Eustáquio, puxando a aba do boné sobre os olhos, como se estivesse se preparando para tirar uma soneca. — Posso contar uma dúzia delas, tão boas ou melhores, se eu quiser.

— Ei, Prímula e Pervinca, vocês ouviram o que ele disse? — gritou Primavera, dançando com alegria. — O primo Eustáquio vai nos contar uma dúzia de histórias melhores do que aquela sobre a cabeça da Górgona!

— Eu não prometi a você nem uma, sua Primaverinha boba! — disse Eustáquio, um pouco petulante. — No entanto, acho que você vai ouvir sua história. Esta é a consequência de ter conquistado uma reputação! Gostaria de ser muito mais tolo do que sou ou nunca ter mostrado metade das brilhantes qualidades com as quais a natureza me dotou; assim, poderia tirar meu cochilo, em paz e com conforto!

Mas o primo Eustáquio, como acho que mencionei antes, gostava tanto de contar suas histórias quanto as crianças de ouvi-las. Sua mente estava em um estado livre e feliz, e ela se deleitava com sua atividade, e quase nunca precisava de um impulso externo para colocá-la em ação.

Como é diferente essa brincadeira espontânea do intelecto a partir da diligência treinada dos anos mais maduros, quando a labuta talvez tenha se tornado fácil devido a um longo hábito, e o trabalho diário pode ter se tornado essencial para o conforto do dia a dia, embora todo o restante continue ali sem ser notado! Essa observação, no entanto, não é para as crianças ouvirem.

Sem mais solicitações, Eustáquio Bright começou a contar a seguinte história realmente esplêndida. Ela lhe veio à mente enquanto ele olhava atentamente para uma árvore e observava como o toque do outono havia transformado cada uma de suas folhas verdes no que parecia o mais puro ouro. E essa mudança, que todos nós testemunhamos, é tão maravilhosa quanto tudo o que Eustáquio contou na história de Midas.

O TOQUE DOURADO

Era uma vez um homem muito rico cujo nome era Midas; ele também era um rei e tinha uma filhinha, de quem ninguém além de mim jamais ouviu falar, e cujo nome eu nunca soube ou esqueci completamente. Então, porque eu amo nomes estranhos para meninas, escolho chamá-la de Mary Dourada.

Esse rei Midas gostava mais de ouro do que de qualquer outra coisa no mundo. Ele valorizava sua coroa real principalmente porque era feita desse metal precioso. Se havia algo que ele amava mais, ou quase isso, era a pequena donzela que brincava tão alegremente ao redor da banqueta de descansar os pés de seu pai. Mas, quanto mais Midas amava sua filha, mais desejava e buscava riquezas. Ele achava, pobre coitado!, que a melhor coisa que poderia fazer por sua querida filha seria deixar de herança a maior pilha de moedas amarelas e brilhantes que já foram empilhadas desde que o mundo foi criado. Assim, ele dedicava todos os seus pensamentos e todo o seu tempo para esse único propósito. Se alguma vez por acaso olhasse por um instante para as nuvens douradas do pôr do sol, desejaria que fossem de ouro de verdade e que pudessem ser espremidas com segurança em sua caixa-forte. Quando a pequena Mary Dourada corria para encontrá-lo, com um buquê de ranúnculos e dentes-de-leão, ele costumava dizer: — Ai, ai, criança! Se essas flores fossem tão douradas quanto parecem, valeria a pena colhê-las!

No entanto, quando era mais jovem, antes de estar tão inteiramente possuído por esse desejo insano de riquezas, o rei Midas havia demonstrado um grande interesse por flores. Ele havia plantado um jardim, no qual cresciam as maiores, mais belas e mais doces rosas que qualquer mortal já havia visto ou cheirado. Essas rosas ainda cresciam no jardim, tão grandes, lindas e perfumadas, como quando Midas passava horas inteiras olhando para elas e inalando seu perfume. Mas agora, se olhava para elas, era apenas para calcular quanto valeria o jardim se cada uma das inúmeras pétalas de rosa fosse uma fina lâmina de ouro. E, embora ele gostasse de música (apesar de uma história boba sobre suas orelhas, que diziam se assemelhar às de um jumento), a única música para o pobre Midas, agora, era o tilintar de uma moeda contra outra.

Por fim (como as pessoas sempre ficam cada vez mais tolas, a menos que tenham o cuidado de ficar cada vez mais sábias), Midas ficou tão excessivamente irracional, que mal podia suportar ver ou tocar qualquer objeto que não fosse ouro. Portanto, ele adquiriu o costume de passar uma grande parte de seu dia em um cômodo escuro e sombrio, no subsolo, no porão de seu palácio. Era ali que ele mantinha sua riqueza. Toda vez que Midas queria sentir-se particularmente feliz, ele se dirigia para aquele buraco sombrio, que era pouca coisa melhor que uma masmorra. Ali, depois de trancar cuidadosamente a porta, ele pegava uma sacola de moedas de ouro, ou uma taça de ouro do tamanho de uma bacia, ou uma barra de ouro pesada, ou uma medida de ouro em pó, e os trazia dos cantos obscuros da sala para o único raio de sol brilhante e estreito que entrava pela janela parecida com a de uma masmorra. Ele valorizava o raio de sol, pois sem sua ajuda seu tesouro não brilharia daquela forma. E, então, ele contava as moedas na sacola, jogava a barra para cima e a pegava quando ela caía, deixava o pó de ouro correr entre os dedos, olhava para a imagem engraçada de seu rosto, refletida na circunferência polida da taça e sussurrava para si mesmo: — Oh Midas, rico Rei Midas, que homem feliz é você! — Mas era engraçado ver como a imagem de seu rosto continuava sorrindo para ele na superfície polida da taça. Ele parecia estar ciente de seu comportamento tolo e de que tinha uma inclinação impertinente de zombar dele mesmo.

Midas se considerava um homem feliz, mas sentia que ainda não estava tão feliz quanto poderia estar. O ponto máximo do prazer nunca seria alcançado, a menos que o mundo inteiro se tornasse sua sala de tesouros, e fosse preenchido com metal amarelo que deveria ser todo dele.

Agora, não preciso lembrar a pequenos sábios como vocês, que nos tempos antigos, bem antigos, quando o rei Midas viveu, aconteciam muitas coisas que consideraríamos maravilhosas se acontecessem em nossos dias e no nosso país. E, por outro lado, muitas coisas que acontecem hoje em dia não parecem maravilhosas somente para nós, mas também o seriam para as pessoas dos tempos antigos, se elas pudessem vê-las. De modo geral, considero nosso próprio tempo o mais estranho dos dois; mas, seja como for, devo continuar com minha história.

Certo dia, Midas estava se divertindo em sua sala do tesouro, como sempre, quando percebeu uma sombra caindo sobre as pilhas de ouro; olhando de repente para cima, ele viu a figura de um estranho que estava em pé no brilhante e estreito raio de sol! Era um jovem, com um rosto alegre e corado. Não importa se era a imaginação do rei Midas que lançava um tom amarelo sobre todas as coisas, ou se havia qualquer outro motivo, o fato é que ele não conseguia deixar de imaginar que o sorriso com que o estranho o olhava tinha uma espécie de esplendor dourado. Certamente, embora sua figura interceptasse a luz do sol, havia agora um brilho mais intenso do que antes em todos os tesouros empilhados. Mesmo os cantos mais remotos recebiam uma parte desse brilho e eram iluminados quando o estranho␣sorria, como se houvesse pequenas chamas e faíscas de fogo.

Como Midas sabia que tinha cuidadosamente girado a chave na fechadura e que nenhuma força mortal poderia invadir sua sala do tesouro, ele, é claro, concluiu que seu visitante não poderia ser um mero mortal. Não importa dizer-lhes quem ele era. Naqueles dias, quando a Terra era relativamente um assunto novo, podemos supor que era um lugar visitado por seres dotados de poder sobrenatural, que costumavam se interessar pelas alegrias e tristezas de homens, mulheres e crianças, meio brincando e meio levando a sério. Midas já havia conhecido tais seres antes, e não ficou triste de encontrar um deles novamente. O aspecto do estranho, de fato, era tão bem-humorado e gentil, se não benéfico, que não haveria razão para suspeitar que ele pretendia fazer alguma maldade. Era muito mais provável que ele tivesse vindo fazer um favor a Midas. E o que poderia ser esse favor, a não ser para multiplicar suas pilhas de tesouros?

O estranho olhou ao redor da sala e quando seu sorriso resplandecente havia reluzido sobre todos os objetos dourados que estavam lá, ele se virou novamente para Midas.

— Você é um homem rico, amigo Midas! — ele observou. — Duvido que outras quatro paredes, na terra, contenham tanto ouro quanto você conseguiu empilhar nesta sala.

— Eu me saí muito bem, muito bem — respondeu Midas, em tom descontente. — Mas, afinal de contas, é apenas uma ninharia, quando você considera que levei toda a minha vida para juntar isso aqui. Se alguém pudesse viver mil anos, talvez tivesse tempo para ficar rico!

— O quê?! — exclamou o estranho. — Então você não está satisfeito?

Midas balançou a cabeça.

— Então, por favor, diga-me o que iria satisfazê-lo? — perguntou o estranho. — Apenas por curiosidade, eu ficaria feliz em saber.

Midas parou e meditou. Ele teve o pressentimento de que aquele estranho, com um brilho tão dourado em seu sorriso bem-humorado, viera ali com o poder e o propósito de satisfazer seus maiores desejos. Agora, portanto, era o momento afortunado, quando ele tinha apenas que falar para obter qualquer coisa possível, ou aparentemente impossível, que lhe viesse à mente para pedir. Então ele pensou, pensou e pensou, e empilhou uma montanha dourada sobre outra, em sua imaginação, sem ser capaz de imaginá-las grandes o suficiente. Enfim, uma ideia brilhante ocorreu ao rei Midas. Parecia realmente tão brilhante quanto o metal reluzente que ele tanto amava.

Erguendo a cabeça, ele olhou o rosto brilhante do estranho.

— Bem, Midas — observou seu visitante — vejo que você finalmente encontrou algo que o satisfará. Diga-me seu desejo.

— É só isso — respondeu Midas. — Estou cansado de juntar meus tesouros com tanto trabalho, e ver o monte tão diminuto, mesmo depois de fazer o melhor que posso. Eu desejo que tudo que eu tocar se transforme em ouro!

O sorriso do estranho se alargou tanto que parecia encher o quarto com uma explosão do sol, brilhando em um vale sombrio, onde as folhas amarelas do outono, pois assim pareciam os pedaços e as partículas de ouro, estavam espalhadas sob o brilho da luz.

— O Toque Dourado! — exclamou ele. — Você certamente merece crédito, amigo Midas, por conceber uma ideia tão brilhante. Mas você tem certeza de que isso irá satisfazê-lo?

— Como poderia falhar? — disse Midas.

— E você nunca vai se arrepender de ter feito esse pedido?

— O que poderia me levar a isso? — perguntou Midas. — Não peço nada mais para me deixar totalmente feliz.

— Seja como quiser, então — respondeu o estranho, acenando com a mão em sinal de despedida. — Amanhã, ao nascer do sol, você se verá presenteado com o Toque Dourado.

Então, a figura do estranho tornou-se extremamente brilhante, e Midas fechou os olhos involuntariamente. Ao abri-los novamente, ele viu apenas um raio de sol amarelo no quarto e, ao seu redor, o brilho do metal precioso que ele passou a vida acumulando.

Se Midas dormiu como de costume naquela noite, a história não diz. No entanto, dormindo ou acordado, sua mente provavelmente estava como a de uma criança, a quem um belo brinquedo novo foi prometido pela manhã. De qualquer forma, o dia mal havia raiado sobre as colinas e o rei Midas já estava bem acordado e, esticando os braços para fora da cama, começou a tocar os objetos que estavam ao alcance. Ele estava ansioso para provar se o Toque Dourado realmente havia chegado, de acordo com a promessa do estranho. Então ele colocou o dedo em uma cadeira ao lado da cama, e em várias outras coisas, mas ficou profundamente desapontado ao perceber que eles permaneceram exatamente da mesma substância de antes. Na verdade, ele estava com muito medo de ter apenas sonhado com o estranho reluzente, ou então que tivesse apenas zombado dele. E que situação triste seria se, depois de todas as suas esperanças, Midas tivesse que se contentar com o pouco de ouro que conseguiu juntar por meios comuns, em vez de criá-lo com um toque!

Durante todo esse tempo, a manhã ainda estava cinzenta, com apenas uma faixa de brilho ao longo do horizonte, onde Midas não podia vê-la. Ele estava muito desconsolado, lamentando que suas esperanças haviam sido perdidas, e foi ficando cada vez mais triste, até que o primeiro raio de sol brilhou através da janela e dourou o teto sobre sua cabeça. Midas teve a impressão de que esse brilhante raio de sol amarelo se refletia de uma maneira bastante singular na cobertura branca da cama. Olhando mais de perto, qual foi seu espanto e deleite, quando descobriu que esse tecido de linho havia sido transformado no que parecia uma textura tramada do mais puro e brilhante ouro! O Toque Dourado tinha chegado até ele com o primeiro raio de sol!

Midas deu um salto, em uma espécie de frenesi alegre, e correu pela sala, agarrando tudo o que estava em seu caminho. Ele agarrou uma das colunas da cama, e ela imediatamente se tornou um pilar de ouro canelado. Ele abriu a cortina da janela, a fim de ter um espetáculo claro das maravilhas que estava realizando, e a borda da cortina ficou pesada em sua mão... virou um monte de ouro. Ele pegou um livro que estava em cima da mesa. Ao primeiro toque, o livro assumiu a aparência de um volume tão esplendidamente encadernado e com bordas douradas como se costuma encontrar hoje em dia; mas, ao passar os dedos pelas folhas, vejam só! era um maço de finas placas de ouro, nas quais toda a sabedoria do livro se tornara ilegível. Vestiu-se apressadamente e ficou extasiado ao ver-se em um magnífico traje de tecido de ouro, que conservava a sua flexibilidade e suavidade, embora o sobrecarregasse um pouco com o peso. Ele pegou o lenço no qual a pequena Mary Dourada havia feito a bainha para lhe dar de presente. Também era de ouro, com os lindos pontos feitos pela querida criança em fios dourados correndo por toda a borda!

De uma forma ou de outra, essa última transformação não agradou muito ao rei Midas. Ele preferia que o trabalho manual de sua filhinha permanecesse igual a quando ela subiu em seu joelho e o colocou em sua mão.

Mas não valia a pena se irritar com uma ninharia. Midas então tirou os óculos do bolso e os colocou no nariz, para ver com mais clareza o que estava fazendo. Naquela época, os óculos para pessoas comuns não haviam sido inventados, mas já eram usados por reis; senão, como Midas poderia ter um deles? Para sua grande perplexidade, porém, por mais excelentes que fossem os óculos, ele descobriu que não podia ver através deles. Mas isso era a coisa mais natural do mundo, pois, ao retirá-los, o cristal transparente havia se transformado em placas de metal amarelo e, é claro, sem valor como óculos, embora valiosos como ouro. Isto pareceu bastante inconveniente a Midas que, apesar de toda a sua riqueza, nunca mais poderia ser rico o suficiente para ter um par de óculos úteis.

— Isso não é um grande problema, no entanto — disse ele para si mesmo, muito filosoficamente. — Não podemos esperar que algo muito bom aconteça sem que seja acompanhado de alguns pequenos inconvenientes. O Toque Dourado vale o sacrifício de um par de óculos, pelo menos, se não da própria visão. Meus próprios olhos servirão para propósitos comuns, e a pequena Mary Dourada logo terá idade suficiente para ler para mim.

O sábio rei Midas estava tão maravilhado com sua boa sorte que o palácio não parecia suficientemente espaçoso para contê-lo. Ao descer as escadas, ele sorriu ao observar que o corrimão ia se transformando em uma barra de ouro polido quando passava a mão por ele. Ele levantou o trinco da porta (era de bronze apenas um momento atrás, mas ficou dourado quando seus dedos o soltaram) e saiu para o jardim. Ali, por acaso, ele encontrou uma grande quantidade de lindas rosas em plena floração, e outras que estavam nas fases de lindos botões e flores. Muito deliciosa era a fragrância delas na brisa da manhã. Seu delicado rubor era uma das visões mais belas do mundo; essas rosas pareciam ser tão suaves, tão modestas e tão cheias de doce tranquilidade.

Porém, o rei Midas sabia uma maneira de torná-las muito mais preciosas, de acordo com seu modo de pensar, do que jamais haviam sido antes. Então ele fez um grande esforço e foi de arbusto em arbusto, exercendo seu toque mágico incansavelmente; até que cada flor e botão individual, e até mesmo os vermes no miolo de alguns deles, foram transformados em ouro. Quando esse bom trabalho foi concluído, o rei Midas foi convocado para o café da manhã, e como o ar da manhã lhe dera um excelente apetite, voltou apressadamente ao palácio.

O que costumava ser o café da manhã de um rei nos dias de Midas, eu realmente não sei, e não posso parar agora para investigar. Na minha opinião, no entanto, naquela manhã em particular, o café da manhã consistia em bolos quentes, algumas trutas do riacho, batatas assadas, ovos frescos cozidos e café, para o próprio rei Midas, e uma tigela de pão e leite para sua filha Mary Dourada. De qualquer forma, esse é um café da manhã digno de um rei e, se foi assim ou não, o rei Midas não poderia ter tido melhor.

A pequena Mary Dourada ainda não tinha aparecido. O pai mandou chamá-la e, sentando-se à mesa, esperou a chegada da criança, para começar a tomar seu café da manhã. Para fazer justiça a Midas, ele realmente amava sua filha, e a amava ainda mais esta manhã, por causa da boa sorte que havia acontecido com ele. Não demorou muito para que ele a ouvisse vindo pelo corredor chorando amargamente. Essa circunstância o surpreendeu, porque Mary Dourada era uma das criancinhas mais alegres que você veria em um dia de verão, e quase não derramava uma gota de lágrimas o ano todo. Quando Midas ouviu os soluços dela, decidiu deixar a pequena Mary Dourada de bom humor, com uma surpresa agradável; então, inclinando-se sobre a mesa, tocou a tigela de sua filha (que era de porcelana, com belas figuras ao redor) e a transmutou em ouro reluzente.

Enquanto isso, Mary Dourada lenta e desconsoladamente abriu a porta e apareceu com o avental nos olhos, ainda soluçando como se seu coração estivesse partido.

— O que aconteceu, minha pequena dama! — exclamou Midas. — Por favor, qual é o problema com você, nesta manhã tão maravilhosa?

Mary Dourada, sem tirar o avental dos olhos, estendeu a mão, na qual estava uma das rosas que Midas havia transmutado recentemente.

— Que linda! — exclamou o pai. — E o que há nesta magnífica rosa de ouro para fazer você chorar?

— Ah, querido pai! — respondeu a criança no intervalo de seus soluços. — Ela não é bonita; é a flor mais feia que já nasceu! Assim que me vesti, corri para o jardim para colher algumas rosas para o senhor, porque sei que gosta delas, e gosta ainda mais quando são colhidas por sua filhinha. Mas, olhe só, meu Deus, meu Deus! O que o senhor acha que aconteceu? Que desgraça! Todas as lindas rosas, que tinham um cheiro tão doce e vários tons de vermelho, agora estão arruinadas e estragadas! Elas ficaram muito amarelas, como o senhor pode ver aqui, e não têm mais perfume! O que pode ter acontecido com elas?

— Ora, minha querida garotinha, por favor, não chore por causa disso! — disse Midas, que ficou com vergonha de confessar que ele mesmo havia feito a mudança que tanto a afligia. — Sente-se e coma seu pão e leite! Você vai ver como é fácil trocar uma rosa comum, que murcha em um dia, por uma de ouro como essa, que durará centenas de anos.

— Eu não ligo para rosas como esta! — exclamou Mary Dourada, jogando-a com desprezo. — Não tem cheiro, e as pétalas duras espetam meu nariz!

A criança agora sentou-se à mesa, mas estava tão ocupada com sua dor pelas rosas arruinadas que nem notou a maravilhosa transformação de sua tigela de porcelana. Talvez fosse melhor assim, pois Mary Dourada estava acostumada a apreciar as figuras esquisitas e árvores e casas estranhas que estavam pintadas na circunferência da tigela; e esses ornamentos estavam agora inteiramente perdidos no tom amarelo do metal.

Enquanto isso, Midas havia servido uma xícara de café e, como é óbvio, a cafeteira, independe do metal que pudesse ser quando a pegou, era de ouro quando a colocou de volta. Ele pensou consigo mesmo que era um estilo bastante extravagante de esplendor, para um rei de hábitos tão simples como ele, tomar o café da manhã com uma baixela de ouro, e começou a ficar intrigado com a dificuldade de manter seus tesouros em segurança. O armário e a cozinha não seriam mais um local seguro para guardar objetos tão valiosos como tigelas e cafeteiras de ouro.

Em meio a esses pensamentos, ele levou uma colher de café aos lábios e, bebendo, ficou surpreso ao perceber que, no instante em que seus lábios tocaram o líquido, ele se tornou ouro derretido e, no momento seguinte, endureceu se transformando em uma massa sólida!

— Minha nossa! — exclamou Midas, bastante horrorizado.

— Qual é o problema, pai? — perguntou a pequena Mary Dourada, olhando para ele, com as lágrimas ainda em seus olhos.

— Nada, criança, nada! — disse Midas. — Tome seu leite, antes que esfrie totalmente.

Ele pegou uma das pequenas trutas bonitas em seu prato e, a título de experiência, tocou sua cauda com o dedo. Para seu horror, foi imediatamente transformada de uma truta admiravelmente frita em um peixe dourado, embora não fosse um daqueles peixes dourados que as pessoas costumam colocar em aquários, como ornamentos para a sala de estar. Não; mas era realmente um peixe metálico, e parecia ter sido feito com muita destreza pelo melhor ourives do mundo. Suas pequenas espinhas eram agora fios de ouro, suas barbatanas e cauda eram finas placas de ouro e havia as marcas do garfo nele, e toda a aparência delicada e cremosa de um peixe bem frito, imitado com exatidão no metal. Um trabalho muito bonito, como vocês podem imaginar, mas o rei Midas, naquele momento, preferiria ter uma truta de verdade em seu prato do que aquela elaborada e valiosa imitação.

— Não vejo como vou conseguir tomar o café da manhã — pensou consigo mesmo.

Ele pegou um dos bolos quentes e mal o havia partido quando, para sua cruel aflição, aquilo que, um momento antes, era feito do trigo mais branco, assumiu o tom amarelo da farinha indiana. Para falar a verdade, se fosse mesmo um bolo indiano quente, Midas o teria apreciado muito mais do que agora, quando a solidez e o aumento de peso deixavam amargamente visível que ele era de ouro. Quase desesperado, serviu-se de um ovo cozido, que imediatamente sofreu uma mudança semelhante à da truta e do bolo. O ovo, de fato, poderia ter sido confundido com um daqueles que a famosa galinha, no livro de histórias, costumava botar, mas o rei Midas era a única galinha que tinha algo a ver com o assunto.

— Ora, isso é um dilema! — pensou ele, recostando-se na cadeira e olhando com muita inveja para a pequena Mary Dourada, que agora comia seu pão e leite com grande satisfação. — Um café da manhã tão valioso diante de mim, e nada que possa ser comido!

Esperando que, com grande agilidade, pudesse evitar o que agora sentia ser um inconveniente considerável, o rei Midas pegou uma batata quente e tentou enfiá-la na boca e engoli-la às pressas. Mas o Toque Dourado era muito mais ágil do que ele. Ele percebeu a boca cheia, não de batata saborosa, mas de metal sólido, que lhe queimou a língua de tal forma que ele deu um grito e, pulando da mesa, começou a dançar e a andar pela sala, de tanta dor e terror.

— Pai, querido pai! — gritou a pequena Mary Dourada, que era uma criança muito carinhosa. — Meu Deus! Qual é o problema? O senhor queimou a boca?

— Ah, querida criança — gemeu Midas com tristeza — não sei o que será de seu pobre pai!

E, de verdade, meus queridos amiguinhos, vocês já ouviram falar de um caso tão lamentável em todas as suas vidas? Ali estava literalmente o café da manhã mais rico que poderia ser servido a um rei, e sua riqueza o tornava absolutamente inútil. O trabalhador mais pobre, sentado diante de uma casca de pão e de um copo de água, estaria muito melhor do que o rei Midas, cuja comida delicada realmente valia seu peso em ouro. E o que deveria ser feito? Já, no café da manhã, Midas estava com muita fome. Será que estaria com menos fome na hora do almoço? E quão voraz seria seu apetite para o jantar, que sem dúvida consistiria no mesmo tipo de pratos indigestos como aqueles agora diante dele! Por quantos dias, vocês acham, que ele sobreviveria se essa rica alimentação continuasse?

Essas reflexões perturbaram tanto o sábio rei Midas, que ele começou a duvidar se, afinal, as riquezas são a única coisa desejável no mundo, ou mesmo a mais desejável. Mas esse foi apenas um pensamento passageiro. Tão fascinado estava Midas com o brilho do metal amarelo que ele ainda se recusava a desistir do Toque Dourado por uma consideração tão insignificante quanto um café da manhã. Imagine o preço dos alimentos de uma refeição como aquela! Seria o mesmo que pagar milhões e milhões (e tantos milhões a mais que levaria uma eternidade para calcular) por uma truta frita, um ovo, uma batata, um bolo quente e uma xícara de café!

— Seria muito caro — pensou Midas.

No entanto, tão grande era sua fome e a perplexidade de sua situação, que ele novamente gemeu em voz alta, e com muita tristeza também. Nossa linda Mary Dourada não aguentou mais. Ela ficou sentada, por um momento, olhando para o pai e tentando, com toda a força de sua pequena inteligência, descobrir qual era o problema com ele. Então, com um doce e doloroso impulso de consolá-lo, ela se levantou da cadeira e, correndo para Midas, jogou os braços carinhosamente ao redor dos joelhos dele. Ele se abaixou e a beijou. Ele sentiu que o amor de sua filhinha valia mil vezes mais do que havia ganhado com o Toque Dourado.

— Minha preciosa, preciosa Mary Dourada! — exclamou ele.

Mas Mary Dourada não respondeu.

Ai, o que ele tinha feito? Como era fatal o presente que o estranho havia concedido a ele! No momento em que os lábios de Midas tocaram a testa de Mary Dourada, uma mudança ocorreu. Seu rosto doce e rosado, tão cheio de afeto como sempre, assumiu uma cor amarela brilhante, com gotas de lágrimas amarelas congeladas em suas bochechas. Seus lindos cachos marrons adquiriram o mesmo tom amarelo. Seu corpo pequeno e suave ficou duro e inflexível entre os braços de seu pai. Oh, terrível infelicidade! Vítima de seu desejo insaciável de riqueza, a pequena Mary Dourada não era mais uma criança humana, mas uma estátua de ouro!

Sim, lá estava ela, com o olhar questionador de amor, tristeza e pena, endurecido em seu rosto. Foi a visão mais bonita e lamentável que um mortal já viu. Todas as características e símbolos de Mary Dourada estavam lá; até a amada covinha permaneceu em seu queixo dourado. Mas quanto mais perfeita era a semelhança, maior era a agonia do pai ao contemplar essa imagem de ouro, que era tudo o que lhe restava de uma filha. Era uma frase favorita de Midas, sempre que se sentia particularmente afeiçoado à criança, dizer que ela valia seu peso em ouro. E agora a frase se tornara literalmente verdadeira. E, finalmente, quando já era tarde demais, ele sentiu como um coração infinitamente quente e terno, que o amava, superava em valor todas as riquezas que poderiam ser empilhadas entre a terra e o céu!

Seria uma história muito triste, se eu lhes contasse como Midas, na plenitude de todos os seus desejos satisfeitos, começou a torcer as mãos e lamentar-se; e como ele não suportava nem olhar para Mary Dourada, nem desviar o olhar dela. Exceto quando seus olhos estavam fixos na imagem, ele não podia acreditar que ela havia sido transformada em ouro. Mas, ao dar outra rápida olhada, lá estava a pequena figura preciosa, com uma lágrima amarela em sua bochecha amarela, e um olhar tão comovente e terno, que parecia que essa mesma expressão iria suavizar o ouro e torná-lo carne novamente. Isso, porém, não acontecia. Midas apenas conseguia torcer as mãos e desejar ser o homem mais pobre do mundo, se a perda de toda a sua riqueza pudesse trazer de volta a mais leve cor rosada ao rosto de sua querida filha.

Enquanto ele estava nesta agitação desesperada, de repente viu um estranho parado perto da porta. Midas abaixou a cabeça, sem dizer nada, pois reconheceu a mesma figura que lhe aparecera, no dia anterior, na sala do tesouro, e lhe concedera essa desastrosa habilidade do Toque Dourado. O semblante do estranho ainda exibia um sorriso, que parecia espalhar um brilho amarelo por toda a sala, e reluzia na imagem da pequena Mary Dourada e nos outros objetos que haviam sido transformados pelo toque de Midas.

— Bem, amigo Midas — disse o estranho — como você está se saindo com o Toque Dourado?

Midas balançou a cabeça.

— Estou muito infeliz — respondeu ele.

— Muito infeliz, de fato! — exclamou o estranho. — E por que você está desse jeito? Eu não mantive fielmente minha promessa a você? Você não tem tudo o que seu coração desejou?

— O ouro não é tudo — respondeu Midas. — E eu perdi tudo o que meu coração realmente gostava.

— Ah! Então você fez uma descoberta, desde ontem? — observou o estranho. — Vamos ver, então. Qual dessas duas coisas você acha que realmente vale mais: o presente do Toque Dourado, ou um copo de água limpa e fria?

— Ah! Água abençoada! — exclamou Midas. — Nunca mais umedecerá minha garganta ressecada!

— O Toque Dourado — continuou o estranho — ou uma casca de pão?

— Um pedaço de pão — respondeu Midas — vale todo o ouro da terra!

— O Toque Dourado — perguntou o estranho — ou a sua pequena Mary Dourada, carinhosa, delicada e amorosa como era uma hora atrás?

— Ah, minha filha, minha querida filha! — gritou o pobre Midas, torcendo as mãos. — Eu não trocaria aquela pequena covinha no queixo dela pelo poder de transformar toda esta grande terra em um sólido pedaço de ouro!

— Você é mais sábio do que antes, Rei Midas! — disse o estranho, olhando seriamente para ele. — Percebo que seu coração não foi totalmente transformado de carne para ouro. Se fosse assim, seu caso seria realmente desesperador. Mas você parece ainda ser capaz de entender que as coisas mais comuns, como as que estão ao alcance de todos, são mais valiosas do que as riquezas pelas quais tantos mortais suspiram e lutam. Diga-me, agora, você deseja sinceramente se livrar desse Toque Dourado?

— Eu o odeio! — respondeu Midas.

Uma mosca pousou em seu nariz, mas imediatamente caiu no chão, pois ela também se tornara ouro. Midas estremeceu.

— Vá, então — disse o estranho — e mergulhe no rio que passa pelo fundo do seu jardim. Pegue também um vaso da mesma água e borrife-o sobre qualquer objeto que você queira mudar de ouro novamente em sua substância anterior. Se você fizer isso com seriedade e sinceridade, pode possivelmente reparar o mal que sua avareza causou.

O Rei Midas curvou-se em reverência e quando ergueu a cabeça, o estranho reluzente havia desaparecido.

Vocês acreditarão facilmente que Midas não perdeu tempo em pegar um grande jarro de barro (mas, infelizmente ele não era mais de barro depois que ele o tocou) e correu apressadamente para a beira do rio. Enquanto ele corria e abria seu caminho através dos arbustos, era maravilhoso ver como a folhagem ficava amarela atrás dele, como se o outono estivesse lá, e em nenhum outro lugar. Ao chegar à beira do rio, mergulhou de cabeça, sem parar nem para tirar os sapatos.

— Puf! puf! puf! — resfolegou o Rei Midas, quando sua cabeça emergiu da água. — Bem, este é realmente um banho refrescante, e acho que deve ter lavado bem todo o Toque Dourado. E agora preciso encher meu jarro!

Ao mergulhar o jarro na água, seu coração alegrou-se ao vê-lo mudar de ouro para o mesmo vaso de barro bom e honesto que era antes de tocá-lo. Ele estava consciente, também, de uma mudança dentro de si mesmo. Um peso frio, duro e pesado parecia ter saido de seu peito. Sem dúvida, seu coração estava gradualmente perdendo sua substância humana e se transformando em metal insensível, mas agora havia amolecido novamente e voltara a ser de carne. Percebendo uma violeta, que crescia na margem do rio, Midas tocou-a com o dedo, e se alegrou ao constatar que a delicada flor mantinha seu tom púrpura, em vez de sofrer uma mancha amarela. A maldição do Toque Dourado, portanto, realmente fora removida dele.

O rei Midas voltou apressadamente ao palácio e, suponho, os servos não sabiam o que fazer quando viram seu mestre real trazendo para casa um jarro de barro com água com tanto cuidado. Mas aquela água, que iria desfazer todo o mal que sua loucura havia causado, era mais preciosa para Midas do que um oceano de ouro derretido poderia ter sido. A primeira coisa que ele fez, como vocês já devem saber, foi borrifar a estátua de ouro da pequena Mary Dourada com um punhado de água.

Assim que a água caiu sobre ela, vocês teriam ficado alegres ao ver como a cor rosada voltou à bochecha da querida criança, como ela começou a espirrar e falar meio engasgada e como ficou surpresa ao se ver toda molhada, e seu pai ainda jogando mais água sobre ela!

— Por favor, não, meu pai querido! — ela pediu. — Veja como o senhor molhou meu belo vestido, que eu coloquei apenas esta manhã! — Pois Mary Dourada não sabia que ela tinha se transformado em uma pequena estátua de ouro, nem conseguia se lembrar de nada do que havia acontecido desde o momento em que ela correu com os braços estendidos para confortar o pobre rei Midas.

Seu pai não achou necessário dizer à sua amada filha como ele tinha sido tão tolo, mas se contentou em mostrar o quanto ele tinha ficado mais sábio agora. Para isso, levou a pequena Mary Dourada ao jardim, onde borrifou todo o resto da água sobre as roseiras, e o efeito foi tão bom que mais de cinco mil rosas recuperaram sua condição de flor. Havia duas circunstâncias, no entanto, que, enquanto o reio Midas viveu, costumavam lembrá-lo do Toque Dourado. Uma era que as areias do rio brilhavam como ouro e a outra era o cabelo da pequena Mary Dourada que agora tinha um tom dourado, que ele nunca havia observado antes que ela fosse transformada pelo efeito de seu beijo. Essa mudança de tonalidade foi realmente um aperfeiçoamento e deixou o cabelo de Mary Dourada mais lindo do que em sua infância.

Quando o rei Midas já era um homem bastante velho e costumava brincar de cavalinho com os filhos de Mary Dourada em seus joelhos, ele gostava de contar-lhes esta história maravilhosa, mais ou menos como eu a contei agora para vocês. E então ele acariciava seus cachos dourados e lhes dizia que seus cabelos também tinham um rico tom dourado, que eles haviam herdado de sua mãe.

— E para dizer a verdade, meus queridos pequeninos — disse o Rei Midas, trotando com as crianças cuidadosamente o tempo todo — desde aquela manhã, odiei a visão de qualquer outro ouro, exceto este!

RIACHO SOMBRIO
Depois da história

— BEM, CRIANÇAS — PERGUNTOU EUSTÁQUIO, que gostava muito de obter uma opinião definitiva de seus ouvintes — vocês alguma vez, em todas as suas vidas, ouviram uma história melhor do que essa do "Toque Dourado"?

— Ora, quanto à história do Rei Midas — disse a atrevida Prímula — já era uma história famosa milhares de anos antes do sr. Eustáquio Bright vir ao mundo, e continuará a ser por muito tempo depois que ele o deixar. Mas algumas pessoas têm o que podemos chamar de "Toque de Chumbo" e deixam maçante e sem graça todas as coisas sobre as quais colocam seus dedos.

— Você é uma criança esperta, Prímula, embora ainda não tenha chegado à adolescência — disse Eustáquio, um tanto surpreso com o gosto picante das críticas dela. — Mas você bem sabe, em seu pequeno coração travesso, que eu lustrei muito bem o ouro velho de Midas e o fiz brilhar como nunca. E a figura de Mary Dourada! Fiz um trabalho artesanal, não foi? E a descrevi de modo refinado e aprofundei a moral! O que vocês dizem, Samambaia, Dente-de-leão, Trevo, Pervinca? Algum de vocês, depois de ouvir esta história, seria tão tolo a ponto de desejar a habilidade de transformar as coisas em ouro?

— Eu gostaria — disse Pervinca, uma menina de dez anos — de ter o poder de transformar tudo em ouro com meu dedo indicador direito, mas, com meu dedo indicador esquerdo, eu gostaria de ter o poder de transformar tudo de novo, se a primeira mudança não me agradasse. E eu sei o que faria esta tarde!

— Por favor, diga-me — pediu Eustáquio.

— Ora — respondeu Pervinca — eu tocaria cada uma dessas folhas douradas nas árvores com meu dedo indicador esquerdo e as tornaria todas verdes novamente para que pudéssemos ter o verão de volta imediatamente, sem inverno feio no meio-tempo.

— Oh, Pervinca! — exclamou Eustáquio Bright — neste aspecto você está errada e causaria grandes danos. Se eu fosse Midas, não faria nada além de dias dourados como esses repetidamente, durante todo o ano. Meus melhores pensamentos sempre chegam um pouco tarde demais. Por que não lhes contei como o rei Midas veio para a América e transformou o outono sombrio, como acontece em outros países, na beleza radiante que existe aqui? Ele dourou as folhas do grande livro que é a Natureza.

— Primo Eustáquio — disse Samambaia, um bom menino, que estava sempre fazendo perguntas específicas sobre a altura exata dos gigantes e a pequenez das fadas, — qual era o tamanho de Mary Dourada e quanto ela pesava depois que se transformou em ouro?

— Ela era quase tão alta quanto você — respondeu Eustáquio — e, como o ouro é muito pesado, ela pesava pelo menos duas toneladas, e ela poderia ter sido cunhada em trinta ou quarenta mil moedas de ouro de um dólar. Eu gostaria que Prímula tivesse metade desse valor. Venham, crianças, vamos sair do vale e olhar ao nosso redor.

Eles fizeram isso. O sol estava agora uma ou duas horas além de sua marca do meio-dia, e enchia a grande cavidade do vale com seu esplendor ocidental, de modo que parecia estar transbordando com uma luz suave e derramando-a sobre as encostas circundantes, como vinho dourado de uma tigela. Estava um dia tão lindo que você não podia deixar de dizer: "Nunca houve um dia assim antes!", embora ontem tenha sido um dia assim, e amanhã será outro. Ah, mas há muito poucos deles em um círculo de doze meses! É uma peculiaridade notável desses dias de outubro, que cada um deles parece durar muito tempo, embora o sol nasça um pouco tarde nessa estação do ano e vá para a cama, assim como fazem as crianças pequenas, às 18h, ou até mais cedo. Não podemos, portanto, chamar os dias de longos; mas eles parecem, de uma forma ou de outra, compensar sua brevidade por sua extensão. E, quando chega a noite fresca, temos consciência de ter desfrutado de uma grande quantidade de vida, desde a manhã.

— Venham, crianças, venham! — gritou Eustáquio Bright. — Mais nozes, mais nozes, mais nozes! Encham todas as suas cestas e, na época do Natal, eu vou quebrá-las para vocês e contar lindas histórias!

Assim eles seguiram, todos de excelente humor, exceto o pequeno Dente-de-leão, que, lamento dizer-lhes, sentou-se em cima de um carrapicho que estava cheio de espinhos como uma almofada de alfinetes.

Meu Deus, como ele deve ter se sentido desconfortável!

O PARAÍSO DAS CRIANÇAS

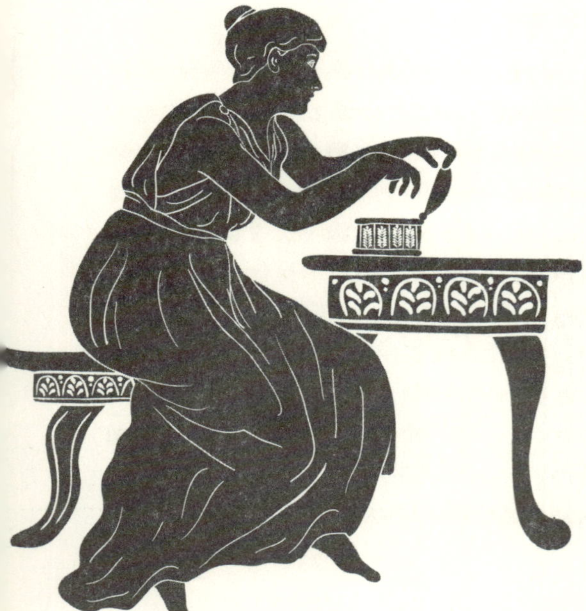

Nathaniel Hawthorne

SALA DE JOGOS DE TANGLEWOOD

Introdução a *O Paraíso das Crianças*

OS DIAS DOURADOS DE OUTUBRO PASSARAM, como tantos outros outubros, e o marrom de novembro do mesmo modo, e a maior parte do frio dezembro também. Finalmente chegou a época alegre do Natal, e Eustáquio Bright junto com ela, tornando tudo mais alegre com sua presença. E, no dia seguinte à sua chegada da faculdade, veio uma forte tempestade de neve. Até aquele momento, o inverno havia se atrasado e nos dado muitos dias amenos, que eram como sorrisos em um rosto enrugado. A grama se mantinha verde, em lugares abrigados, como os recantos das encostas do sul, e ao longo das cercas de pedra. Há apenas uma ou duas semanas, e desde o início do mês, as crianças tinham encontrado um dente-de-leão em flor, na margem do Riacho Sombrio, onde ele flui para fora do vale.

Mas agora não havia mais grama verde e dentes-de-leão. Era uma tempestade de neve! Trinta quilômetros dela poderiam ter sido visíveis de uma só vez, entre as janelas de Tanglewood e a cúpula das Montanhas Tacônicas, se fosse possível ver tão longe entre os redemoinhos que embranqueciam toda a atmosfera. Parecia que as colinas eram gigantes que atiravam monstruosos punhados de neve umas às outras, somente para sua diversão. Os flocos de neve esvoaçantes eram tão grossos que até as árvores, no meio do vale, ficavam escondidas por eles a maior parte do tempo. Às vezes, é verdade, os pequenos prisioneiros de Tanglewood podiam discernir um contorno indistinto da Montanha Monumento, e a brancura suave do lago congelado em sua base, e os trechos de floresta preta ou cinza na paisagem mais próxima. Mas essas espreitadelas eram a única coisa que se podia ver através da tempestade.

No entanto, as crianças se alegraram muito com a tempestade de neve. Elas já estavam acostumadas com a neve rolando sobre os montes mais altos que jogavam neve uns nos outros, como acabamos de imaginar que as montanhas de Berkshire estivessem fazendo. E agora as crianças haviam voltado para sua espaçosa sala de brinquedos, que era tão grande quanto a grande sala de estar, e estava cheia de todos os tipos de brinquedos, grandes e pequenos. O maior era um cavalo de balanço, que parecia um pônei de verdade; e havia toda uma família de bonecas de madeira, cera, gesso e porcelana, além de bebês de pano e blocos suficientes para construir o monumento à batalha de Bunker Hill, pinos, bolas de boliche, piões que zuniam ao girar, raquetes de peteca, jogo de argolas, cordas de pular, e mais desses objetos valiosos do que eu poderia descrever em uma página. Mas as crianças gostavam mais da tempestade de neve do que de todos eles. Ela sugeria tantos prazeres rápidos para amanhã e para todo o restante do inverno: o passeio de trenó, as descidas pela colina abaixo até o vale, os bonecos de neve que seriam feitos, as fortalezas de neve que seriam construídas e as guerras de bolas de neve que aconteceriam!

Portanto, os pequeninos abençoaram a tempestade de neve e ficaram contentes de vê-la ficar cada vez mais espessa, e observavam esperançosos o longo monte de neve que se acumulava na avenida e já estava mais alto do que qualquer um deles.

— Oba! Ficaremos bloqueados até a primavera! — gritaram eles, com o maior prazer. — Que pena que a casa seja muito alta para ficar totalmente encoberta! A casinha vermelha, lá embaixo, será enterrada até o beiral.

— Como vocês são crianças tolas, o que mais querem fazer com a neve? — perguntou Eustáquio, que, cansado de algum romance que estava folheando, entrou na sala de brinquedos. — A neve já causou danos o suficiente, estragando a única patinação que eu esperava ter durante o inverno. Não veremos mais nada do lago até abril e esse era para ter sido o meu primeiro dia! Você não está com pena de mim, Prímula?

— Ah, com certeza! — respondeu Prímula, sorrindo. — Mas, para seu conforto, vamos ouvir outra de suas antigas histórias, como aquela que você nos contou na varanda, e no vale, perto do Riacho Sombrio. Talvez eu goste mais delas agora, quando não há nada para se fazer, do que enquanto havia nozes para serem colhidas e um tempo bonito para apreciar.

Então, Pervinca, Trevo, Samambaia e tantos outros da pequena fraternidade e dos primos que ainda estavam em Tanglewood reuniram-se em torno de Eustáquio e imploraram com sinceridade que contasse uma história. O estudante bocejou, espreguiçou-se e então, para grande admiração das crianças, pulou três vezes para a frente e para trás em cima de uma cadeira, para, como ele explicou, colocar sua mente em movimento.

— Muito bem, crianças — disse ele, depois dessas preliminares, — já que vocês insistem, e Prímula colocou essa ideia na cabeça, verei o que pode ser feito por vocês. E, para que saibam que os dias felizes foram antes das tempestades de neve entrarem na moda, vou contar uma história que é a mais antiga de todos os tempos, quando o mundo era tão novo quanto o novíssimo pião de Samambaia. Havia então apenas uma estação no ano, que era o delicioso verão, e apenas uma idade para os mortais, que era a infância.

— Eu nunca ouvi falar disso antes — disse Prímula.

— É claro que você nunca ouviu — respondeu Eustáquio. — Será uma história que ninguém além de mim jamais sonhou... um Paraíso de crianças... e como, pela maldade de um pequeno diabinho, igual à Prímula aqui, esse paraíso foi reduzido a nada.

Então Eustáquio Bright sentou-se na cadeira que acabara de pular, colocou Primavera sentada sobre seus joelhos, ordenou que a plateia fizesse silêncio e começou uma história sobre uma criança triste e malvada, cujo nome era Pandora, e sobre seu companheiro de brincadeiras Epimeteu.

Você poderá lê-la, palavra por palavra, nas próximas páginas.

O PARAÍSO DAS CRIANÇAS

Há muito, muito tempo, quando este velho mundo estava em sua tenra infância, havia uma criança, chamada Epimeteu, que nunca teve pai nem mãe; e, para que não ficasse sozinho, outra criança, sem pai e sem mãe como ele, foi enviada de um país distante para morar com ele e ser sua companheira de brincadeiras e ajudante. O nome dela era Pandora.

A primeira coisa que Pandora viu, ao entrar na cabana onde morava Epimeteu, foi uma grande caixa. E a primeira pergunta que ela fez a ele, depois de passar pela porta, foi esta:

— Epimeteu, o que você tem nessa caixa?

— Minha querida Pandora — respondeu Epimeteu — isso é um segredo, e você deve ter a gentileza de não fazer perguntas sobre esse assunto. A caixa foi deixada aqui para ser guardada com segurança, e eu mesmo não sei o que ela contém.

— Mas quem a deu a você? — perguntou Pandora. — E de onde veio?

— Isso também é segredo — respondeu Epimeteu.

— Que irritante! — exclamou Pandora, fazendo um bico de raiva. — Eu gostaria que a grande caixa feia estivesse fora do caminho!

— Ah, vamos, não pense mais nisso — exclamou Epimeteu. — Vamos lá fora brincar com as outras crianças.

Faz milhares de anos que Epimeteu e Pandora viveram e o mundo de hoje é uma coisa muito diferente do que era no tempo deles. Então, todo mundo era criança. Não havia pais e mães para cuidar das crianças, pois não havia perigos e nem problemas de qualquer tipo, nenhuma roupa para ser consertada, e sempre havia muito para comer e beber. Sempre que uma criança queria almoçar, ela encontrava a comida crescendo em uma árvore; e, se ele olhasse para a árvore pela manhã, ela veria o botão se transformando em flor para o jantar daquela noite; ou, ao entardecer, via o tenro botão do café da manhã. Era uma vida muito agradável, de verdade. Nenhum trabalho a ser feito, nenhuma tarefa a ser estudada; nada além de brincadeiras e danças, e doces vozes de crianças conversando, ou cantando como pássaros, ou explodindo em risadas alegres, durante o dia todo.

O mais maravilhoso de tudo é que as crianças nunca brigavam; também não tinham crises de choro; e, desde o início dos tempos, nenhum desses pequenos mortais ficava isolado e de mau humor em um canto. Nossa! Como era maravilhoso viver naquela época! A verdade é que aqueles monstrinhos alados e feios, chamados Problemas, que são agora quase tão numerosos quanto os mosquitos, nunca haviam sido vistos na Terra. É provável que a maior inquietação que uma criança já tinha experimentado naquela época tenha sido a irritação de Pandora por não poder descobrir o segredo da misteriosa caixa.

A princípio, isso era apenas a sombra tênue de um Problema; mas, a cada dia, tornava-se cada vez mais substancial, até que, em pouco tempo, a cabana de Epimeteu e Pandora estava menos ensolarada do que as das outras crianças.

— De onde pode ter vindo a caixa? — Pandora não parava de perguntar a si mesma e a Epimeteu. — E o que pode estar dentro dela?

— Sempre falando sobre essa caixa! — disse Epimeteu, por fim, pois ele já estava extremamente cansado do assunto. — Eu gostaria, querida Pandora, que você tentasse falar de outra coisa. Venha, vamos colher alguns figos maduros e comê-los debaixo das árvores, para o nosso jantar. E eu conheço uma videira que tem as uvas mais doces e suculentas que você já provou.

— Sempre falando sobre uvas e figos! — exclamou Pandora, petulante.

— Bem, então — disse Epimeteu, que era uma criança muito bem-humorada, como a maioria das crianças naqueles dias — vamos sair correndo e nos divertir com nossos amigos.

— Estou cansada de momentos alegres, e não me importo se nunca mais os tiver! —respondeu nossa pequena e mal-humorada Pandora. — E, aliás, eu nunca os tenho. Esta caixa feia! Estou sempre ocupada pensando nela o tempo todo. Insisto que você me diga o que há dentro dela.

— Como eu já disse mais de cinquenta vezes, eu não sei! — respondeu Epimeteu, ficando um pouco irritado. — Como, então, posso lhe dizer o que há aí dentro?

— Você pode abri-la — disse Pandora, olhando de soslaio para Epimeteu — e então poderíamos ver por nós mesmos.

— Pandora, no que você está pensando? — exclamou Epimeteu.

E o rosto dele expressava tanto horror à ideia de olhar para dentro daquela caixa que lhe fora confiada com a condição de que nunca a abrisse, que Pandora achou melhor não sugerir mais. Ainda assim, no entanto, ela não podia deixar de pensar e falar sobre a caixa.

— Pelo menos — disse ela — você poderia me dizer como ela chegou aqui.

—Ela foi deixada na minha porta — respondeu Epimeteu — um pouco antes de você chegar, por uma pessoa que parecia muito sorridente e inteligente, e que mal podia deixar de rir ao colocá-la no chão. Ele estava vestido com um tipo estranho de manto, e tinha um boné que parecia ser feito parcialmente de penas, de modo que parecia quase como se tivesse asas.

— Que tipo de cajado ele tinha? — perguntou Pandora.

— Oh, o cajado mais curioso que você já viu! — respondeu Epimeteu. — Era como duas serpentes girando em torno de um bastão, e era esculpida de maneira tão natural que, a princípio, pensei que as serpentes estivessem vivas.

— Eu o conheço — disse Pandora, pensativa. — Ninguém mais tem um cajado assim. Era Azougue e ele me trouxe para cá, assim como fez com a caixa. Sem dúvida, ele a trouxe para mim e, muito provavelmente, contém lindos vestidos para eu usar ou brinquedos para você e eu brincarmos, ou algo muito bom para nós dois comermos!

— Talvez sim — respondeu Epimeteu, virando-se. — Mas até que Azougue volte e nos diga o que fazer, nenhum de nós tem o direito de levantar a tampa da caixa.

— Que menino chato! — murmurou Pandora, enquanto Epimeteu saía da cabana. — Eu gostaria que ele tivesse um pouco mais de iniciativa!

Pela primeira vez desde a chegada de Pandora, Epimeteu saiu sem pedir que ela o acompanhasse. Ele foi colher figos e uvas sozinho, ou buscar qualquer diversão que pudesse encontrar, em outra companhia que não a de sua pequena companheira. Estava cansado de ouvir falar da caixa e desejou sinceramente que Azougue, ou qualquer que fosse o nome do mensageiro, a tivesse deixado na porta de alguma outra criança, onde Pandora nunca a teria visto. Ela falava insistentemente sobre aquela coisa! A caixa, a caixa e nada além da caixa! Parecia que a caixa estava enfeitiçada, e que a cabana não era grande o suficiente para contê-la sem que Pandora tropeçasse continuamente nela e fizesse Epimeteu tropeçar nela também, machucando as canelas de ambos.

Bem, era muito difícil para o pobre Epimeteu ouvir sobre a caixa dia e noite, especialmente porque os pequeninos da terra estavam tão desacostumados a ter chateações, naqueles dias felizes, que não sabiam como lidar com elas. Portanto, um pequeno aborrecimento causou grande perturbação, muito mais do que causaria nos dias de hoje.

Depois que Epimeteu se foi, Pandora ficou olhando para a caixa. Ela a chamou de feia mais de cem vezes; mas, apesar de tudo o que ela havia dito contra a caixa, ela era sem dúvida uma peça de mobília muito bonita e seria um enfeite e tanto em qualquer cômodo em que fosse colocada. Era feita de um belo tipo de madeira, com veios escuros e ricos se espalhando por sua superfície, e era tão polida que a pequena Pandora podia ver seu rosto nela. Como a criança não tinha outro espelho, é estranho que ela não tenha valorizado a caixa apenas por esse motivo.

As bordas e os cantos da caixa foram esculpidos com magnífica habilidade. Ao redor da margem, havia figuras graciosas de homens, mulheres e das crianças mais bonitas que já se viu, descansando ou brincando em meio a uma profusão de flores e folhagens; e esses vários objetos eram tão primorosamente representados e trabalhados com tamanha harmonia, que as flores, folhagens e seres humanos pareciam combinar-se em uma guirlanda de beleza mesclada. Mas aqui e ali, espreitando por trás da folhagem esculpida, Pandora imaginou, uma ou duas vezes, ter visto um rosto não tão bonito, ou algo desagradável que roubava a beleza de todo o resto. No entanto, olhando mais de perto e tocando o local com o dedo, ela não conseguiu descobrir nada daquilo. Alguns rostos, que eram realmente bonitos, ficavam feios quando ela os olhava de lado.

O rosto mais bonito de todos foi feito no que se chama alto--relevo, no centro da tampa. Não havia mais nada, exceto a exuberância escura e suave da madeira polida, e este rosto no centro, com uma guirlanda de flores sobre a testa. Pandora tinha olhado para aquele rosto muitas vezes e imaginado que a boca poderia sorrir se quisesse, ou ficar séria quando quisesse, como qualquer boca de verdade. De fato, todas as feições tinham uma expressão muito vívida e um tanto travessa, que parecia quase como se precisasse brotar dos lábios esculpidos e expressar-se em palavras.

Se a boca tivesse falado, provavelmente teria sido algo assim:

— Não tenha medo, Pandora! Que mal pode haver em abrir a caixa? Não se importe com aquele pobre e simples Epimeteu! Você é mais sábia do que ele e tem dez vezes mais personalidade. Abra a caixa e veja se você não vai encontrar algo muito bonito!

A caixa, quase me esqueci de dizer, estava trancada, não por um cadeado, nem por qualquer outro artifício desse tipo, mas por um nó intrincado de um cordão de ouro. Parecia não haver fim nem começo naquele nó. Nunca um nó foi feito com tanta astúcia, nem com tantos detalhes, que maliciosamente desafiavam os dedos mais hábeis a desembaraçá-lo. E, no entanto, pela própria dificuldade que havia nele, Pandora ficou ainda mais tentada a examinar o nó e apenas ver como era feito. Já por duas ou três vezes ela se debruçara sobre a caixa e segurava o nó entre o polegar e o indicador, mas sem tentar desfazê-lo.

— Eu realmente acredito — disse ela para si mesma — que estou começando a entender como isso foi feito. Não apenas isso, talvez eu consiga até amarrá-lo novamente, depois de desfazê-lo. Não haveria mal nenhum nisso, com certeza. Nem mesmo Epimeteu poderia me culpar por isso. Não preciso abrir a caixa, e não deveria, é claro, sem o consentimento daquele menino tolo, mesmo que o nó tivesse sido desatado.

Teria sido melhor para Pandora se ela tivesse algum trabalho a fazer, ou qualquer coisa com que ocupar sua mente, para não ficar pensando constantemente nesse assunto. Mas as crianças levavam uma vida tão fácil, antes de qualquer Problema vir ao mundo, que elas tinham realmente muito tempo livre. Eles poderiam não estar sempre brincando de esconde-esconde entre os arbustos de flores, ou de cabra-cega com guirlandas sobre os olhos, ou qualquer outro jogo que tivesse sido descoberto, enquanto a Mãe Terra estivesse em sua infância. Quando a vida é só diversão, o trabalho é a verdadeira brincadeira. Não havia absolutamente nada a fazer. Varrer um pouco e limpar a cabana, suponho, colher flores novas (que eram abundantes demais em todos os lugares), e arrumá-las em vasos... e o dia de trabalho da pobre Pandora havia terminado. E então, pelo resto do dia, havia a caixa!

 Afinal de contas, não tenho certeza se a caixa, da sua maneira, não era uma bênção para ela porque fornecia uma variedade de ideias em que pensar e sobre as quais conversar sempre que tivesse alguém para ouvir! Quando ela estava de bom humor, podia admirar o polimento brilhante de seus lados, e a rica borda de belos rostos e folhagens que corria ao redor. Ou, se por acaso estivesse mal-humorada, poderia dar-lhe um empurrão, ou chutá-la com seu pezinho travesso. E muitos chutes foram dados na caixa (mas era uma caixa malvada, como veremos, e mereceu tudo o que recebeu), muitos chutes ela recebeu. Mas, com certeza, se não fosse pela caixa, nossa pequena Pandora de mente ativa não saberia tão bem como passar seu tempo como sabia agora.

 Pois adivinhar o que havia dentro da caixa era realmente um trabalho sem fim. O que poderia ser, afinal? Imaginem, meus pequenos ouvintes, como a mente de vocês ficaria ocupada se houvesse uma grande caixa em casa, que, como teriam motivos para supor, contivesse algo novo e bonito como presentes de Natal ou Ano Novo. Vocês acham que seriam menos curiosos do que Pandora? Se vocês ficassem sozinhos com a caixa, não se sentiriam um pouco tentados a levantar a tampa? Mas vocês não fariam isso. Ah, que vergonha! Não, não! Só que, se vocês achassem que havia brinquedos nela, seria muito difícil deixar escapar uma oportunidade de dar apenas uma espiadinha! Não sei se Pandora esperava algum brinquedo, porque, provavelmente, eles ainda não tinham começado a ser feitos naqueles dias, quando o próprio mundo era um grande brinquedo para as crianças que moravam nele. Mas Pandora estava convencida de que havia algo muito bonito e valioso na caixa; e, portanto, ela estava tão ansiosa para dar uma espiada quanto qualquer uma dessas menininhas, aqui ao meu redor, estaria. E, possivelmente, um pouco mais; mas disso não tenho tanta certeza.

Naquele dia em particular, porém, sobre o qual já estamos falando há tanto tempo, sua curiosidade estava maior do que de costume, até que, por fim, ela se aproximou da caixa. Ela estava bastante determinada a abri-la, se pudesse. Ah, Pandora, que menina travessa!

Primeiro, porém, ela tentou levantá-la. Era pesada, muito pesada para uma criança franzina como Pandora. Ela levantou uma extremidade da caixa a alguns centímetros do chão e a deixou cair novamente, fazendo um baque bem alto. Um momento depois, ela quase imaginou ter ouvido algo se mexer dentro da caixa. Ela colocou o ouvido o mais próximo possível e escutou. Sem dúvida, parecia haver uma espécie de murmúrio abafado dentro da caixa! Ou era apenas o canto nos ouvidos de Pandora? Ou poderia ser a batida de seu coração? A criança não conseguia se decidir se tinha ouvido alguma coisa ou não. Mas, de qualquer forma, sua curiosidade estava mais forte do que nunca.

Quando ela recuou a cabeça, seu olhar foi direto para o nó do cordão de ouro.

— Deve ter sido uma pessoa muito engenhosa, a que deu esse nó — disse Pandora para si mesma. — Mas acho que poderia desamarrá-lo mesmo assim. Estou decidida, pelo menos, a encontrar as duas pontas do cordão.

Então ela pegou o nó dourado em seus dedos e esquadrinhou suas complexidades o mais minuciosamente que pôde. Quase sem intenção, ou sem saber muito bem do que se tratava, logo se empenhou em tentar desfazê-lo. Enquanto isso, a luz do sol brilhava através da janela aberta, assim como as vozes alegres das crianças, brincando à distância, e talvez a voz de Epimeteu entre elas. Pandora parou para ouvir. Era um lindo dia! Não seria mais sensato se ela deixasse o nó problemático em paz e não pensasse mais na caixa, mas corresse e se juntasse aos seus amiguinhos e fosse feliz?

Todo esse tempo, porém, seus dedos estavam meio inconscientemente ocupados com o nó; e, por acaso, ao olhar para o rosto coberto de flores na tampa da caixa encantada, ela teve a impressão de que ele estava sorrindo maliciosamente para ela.

— Esse rosto parece muito maquiavélico — pensou Pandora. — Eu me pergunto se ele está sorrindo porque estou fazendo algo de errado! Eu sou bem esperta para fugir daqui!

Mas então, por um mero acidente, ela deu uma espécie de torção no nó, o que produziu um resultado maravilhoso. O cordão de ouro se desenrolou, como por mágica, e deixou a caixa sem nenhum fecho.

— Esta é a coisa mais estranha que eu já vi! — disse Pandora. — O que Epimeteu vai dizer? E como vou amarrar isso de novo?

Ela fez uma ou duas tentativas de restaurar o nó, mas logo descobriu que estava muito além de sua habilidade. Ele havia se desembaraçado tão repentinamente que ela não conseguia se lembrar de como os cordões estavam dobrados um no outro; e quando ela tentou se lembrar da forma e aparência do nó, parecia ter saído completamente de sua mente. Nada deveria ser feito, portanto, a não ser deixar a caixa permanecer como estava até que Epimeteu entrasse.

— Mas — disse Pandora — quando ele encontrar o nó desatado, ele saberá que fui eu quem fez isso. Como vou fazê-lo acreditar que não olhei dentro da caixa?

E então veio um pensamento em seu pequeno coração travesso, que, já que ela seria suspeita de ter olhado dentro da caixa, ela poderia fazê-lo imediatamente. Oh, Pandora muito travessa e tola! Você deveria ter pensado apenas em fazer o que era certo e não fazer o que era errado, e não no que seu companheiro Epimeteu teria dito ou acreditado. E talvez ela pudesse ter agido assim, se o rosto encantado na tampa da caixa não lhe tivesse parecido tão persuasivo, e se ela não parecesse ouvir, mais distintamente do que antes, o murmúrio de pequenas vozes lá dentro. Ela não sabia dizer se era imaginação ou não, mas havia um pequeno tumulto de sussurros em seu ouvido... ou então era sua curiosidade que sussurrava:

— Deixe-nos sair, querida Pandora, por favor, deixe-nos sair! Seremos bons companheiros de brincadeira para você! Apenas deixe-nos sair!

— O que pode ser? — pensou Pandora. — Existe alguma coisa viva na caixa? Bem!... Sim!... Estou decidida a dar apenas uma espiada! Apenas uma espiada e depois a tampa será fechada com a mesma segurança de sempre! Não pode haver nenhum mal em dar só uma espiadinha!

Mas agora é hora de vermos o que Epimeteu estava fazendo.

Esta foi a primeira vez, desde que sua pequena companheira veio morar com ele, que ele tentou desfrutar de alguma atividade prazerosa sem que ela participasse. Mas nada deu certo, e ele não estava tão feliz como nos outros dias. Ele não conseguiu encontrar uvas doces nem figos maduros (se Epimeteu tinha um defeito, era sua preferência exagerada por figos) ou, se encontrou maduros, estavam maduros demais e muito doces que chegavam a ser enjoativos. Não havia alegria em seu coração, como a que geralmente fazia sua voz encantar a todos e aumentar a alegria de seus companheiros. Em resumo, ele estava tão inquieto e descontente, que as outras crianças não conseguiam imaginar qual era o problema com Epimeteu. E, assim como elas, nem ele mesmo sabia o que o afligia. Pois vocês devem se lembrar que, na época de que estamos falando, era da natureza de todos, e hábito constante, ser feliz. O mundo ainda não aprendera a ser diferente.

Nem uma única alma ou corpo, desde que essas crianças foram enviadas pela primeira vez para se divertir na bela terra, jamais estivera doente ou mal-humorado.

Por fim, descobrindo que, de uma forma ou de outra, ele havia interrompido toda a brincadeira, Epimeteu achou melhor voltar para Pandora, que estava com um humor mais adequado ao seu. Mas, na esperança de deixá-la feliz, ele juntou algumas flores e fez uma guirlanda, que pretendia colocar na cabeça dela. As flores eram muito bonitas: rosas, lírios, flores de laranjeira e muitas outras, que deixavam um rastro de fragrância, enquanto Epimeteu as carregava; e a guirlanda havia sido montada com toda a habilidade que se pode esperar de um menino. A minha impressão sempre foi que os dedos das meninas são os mais aptos para montar guirlandas de flores, mas os meninos podiam fazê-lo, naqueles dias, muito melhor do que agora.

E aqui devo mencionar que uma grande nuvem negra estava se formando no céu, há algum tempo, embora ainda não tivesse ocultado o sol. Mas, assim que Epimeteu chegou à porta da cabana, essa nuvem começou a interceptar a luz do sol e, assim, criar uma súbita e triste obscuridade.

Ele entrou calmamente, pois pretendia, se possível, ficar na ponta dos pés atrás de Pandora e colocar a guirlanda de flores sobre a cabeça dela, antes que ela percebesse sua aproximação. Mas, do modo como as coisas estavam acontecendo, não havia necessidade de pisar com tanta leveza. Ele poderia ter pisado tão pesado quanto quisesse, tão pesado quanto um homem adulto, eu diria até tão pesado quanto um elefante, sem muita probabilidade de Pandora ouvir seus passos. Ela estava muito concentrada em seu propósito. No momento em que ele entrou na cabana, a criança travessa havia colocado a mão na tampa e estava prestes a abrir a misteriosa caixa. Epimeteu a estava observando. Se ele tivesse gritado, Pandora provavelmente teria retirado a mão, e o mistério fatal da caixa nunca teria sido conhecido.

Mas o próprio Epimeteu, embora falasse muito pouco sobre isso, tinha curiosidade para saber o que havia dentro da caixa. Percebendo que Pandora estava decidida a descobrir o segredo, ele decidiu que sua companheira não seria a única pessoa esperta na cabana. E se houvesse algo bonito ou valioso na caixa, ele pretendia ficar com metade para si. Assim, depois de todos os seus sábios discursos para Pandora sobre conter sua curiosidade, Epimeteu acabou sendo tão tolo e quase tão culpado quanto ela. Então, sempre que culpamos Pandora pelo que aconteceu, não devemos esquecer de reprovar Epimeteu da mesma forma.

Quando Pandora levantou a tampa, a cabana ficou muito escura e sombria, pois a nuvem negra havia agora se espalhado completamente sobre o sol e parecia tê-lo enterrado vivo. Houve, por algum tempo, rosnados e murmúrios baixos, que de repente se transformaram em um pesado estrondo de trovão. Mas Pandora, sem dar atenção a tudo isso, levantou a tampa quase na vertical e olhou para dentro. Foi quando um súbito enxame de criaturas aladas passou roçando por ela, levantando voo para fora da caixa, enquanto, no mesmo instante, ela ouvia a voz de Epimeteu, com um tom de lamentação, como se estivesse com dor.

— Ah, eu fui picado! — gritou ele. — Fui picado! Pandora, como você é desobediente! Por que você abriu esta maldita caixa?

Pandora deixou cair a tampa e, levantando-se, olhou em volta, para ver o que havia acontecido com Epimeteu. A nuvem de trovão havia escurecido tanto a sala que ela não conseguia discernir claramente o que havia ali. Mas ela ouviu um zumbido desagradável, como se muitas moscas enormes, ou mosquitos gigantes, ou aqueles insetos que chamamos de besouros ou carrapatos estivessem se movendo rapidamente. E, à medida que seus olhos se acostumaram à luz imperfeita, ela viu uma multidão de vultos feios, com asas de morcego, parecendo abominavelmente maldosos e armados com ferrões terrivelmente longos em suas caudas. Foi um desses que havia picado Epimeteu. Não passou muito tempo até que a própria Pandora começasse a gritar, não com menos dor e medo do que seu companheiro de brincadeiras, e fazendo muito mais confusão sobre isso. Um monstrinho odioso pousou na testa dela e a teria picado, não sei com que profundidade, se Epimeteu não tivesse corrido e o enxotado dali.

Bem, se vocês desejam saber o que eram essas coisas feias que escaparam da caixa, devo dizer-lhes que eram toda a família de Problemas terrenos. Havia as paixões malignas; havia muitas espécies de Preocupações; havia mais de cento e cinquenta Dores; havia Doenças, em um grande número de formas miseráveis e dolorosas; havia mais tipos de maldades do que seria útil falar. Em resumo, tudo o que desde então aflige as almas e os corpos da humanidade havia sido trancado na caixa misteriosa e entregue a Epimeteu e Pandora para ser guardado em segurança, a fim de que as crianças felizes do mundo nunca fossem molestadas por eles. Se tivessem sido fiéis ao que lhes foi confiado, tudo teria corrido bem. Nenhum adulto jamais ficaria triste, nem qualquer criança teria motivos para derramar uma única lágrima, desde aquela hora até este momento.

Porém, e vocês podem ver com esse exemplo como um ato errado de qualquer mortal se torna uma calamidade para o mundo inteiro, por Pandora levantar a tampa daquela maldita caixa, e também por culpa de Epimeteu, por não a impedir de fazê-lo, esses problemas se estabeleceram entre nós e não parece provável que queiram ser expulsos rapidamente. Pois era impossível, como vocês podem facilmente imaginar, que as duas crianças mantivessem aquele enxame horrível dentro de sua pequena cabana. Ao contrário, a primeira coisa que fizeram foi abrir as portas e janelas, na esperança de se livrar delas; e, com certeza, os Problemas alados voaram para longe, e tanto importunaram e atormentaram os pequeninos, por toda parte, que nenhum deles sequer sorriu por muitos dias depois do ocorrido. E aconteceu uma coisa muito incomum, todas as flores e botões orvalhados da terra, nenhum dos quais até então havia murchado, agora começaram a cair e perder suas folhas, depois de um ou dois dias.

Além disso, as crianças, que antes pareciam imortais em sua infância, agora cresciam, dia após dia, e logo se tornaram jovens e donzelas, e depois homens, mulheres e idosos, antes mesmo de sonharem com tal coisa.

Enquanto isso, a desobediente Pandora, e o não menos desobediente Epimeteu, permaneceram em sua cabana. Ambos haviam sido dolorosamente picados e estavam com muita dor, o que lhes parecia o mais intolerável, porque era a primeira dor que já havia sido sentida desde o início do mundo. Claro, eles não estavam acostumados a isso e não tinham ideia do que significava. Além de tudo, eles estavam extremamente mal-humorados, tanto consigo mesmos quanto um com o outro. Para que a situação ficasse tolerável, Epimeteu sentou-se em um canto, mal-humorado, de costas para Pandora, enquanto esta estava jogada no chão e descansava a cabeça na caixa fatal e abominável. Ela estava chorando amargamente e soluçava como se seu coração estivesse partido.

De repente, houve uma leve batida no interior da tampa.

— O que pode ser isso? — gritou Pandora, levantando a cabeça.

Mas Epimeteu ou não ouviu a batida ou estava muito desanimado para percebê-la. De qualquer forma, ele não respondeu.

— Você é muito indelicado — disse Pandora, soluçando novamente — por não falar comigo!

Novamente a batida! Parecia os dedos minúsculos da mão de uma fada, batendo de leve e com alegria no interior da caixa.

— Quem é você? — perguntou Pandora, com um pouco de sua antiga curiosidade. — Quem é você, dentro desta caixa malvada?

Uma vozinha doce falou de dentro:

— Apenas levante a tampa e você verá.

— Não, não — respondeu Pandora, começando a soluçar novamente — Já chega de levantar a tampa! Você está dentro da caixa, criatura malvada, e aí deve ficar! Já há muitos de seus irmãos e irmãs horrorosos voando pelo mundo. Você nem precisa pensar que eu serei tola a ponto de deixar você sair!

Ela olhou para Epimeteu enquanto falava, talvez esperando que ele a elogiasse por sua sabedoria. Mas o garoto emburrado apenas murmurou que ela ficou sábia um pouco tarde demais.

— Ah — disse a vozinha doce de novo — é melhor você me deixar sair. Eu não sou como essas criaturas malvadas que têm ferrões em suas caudas. Elas não são meus irmãos e irmãs, como você verá imediatamente, se der apenas uma olhada em mim. Vamos, vamos, minha linda Pandora! Tenho certeza de que você vai me deixar sair!

E, de fato, havia uma espécie de encanto alegre no tom, que tornava quase impossível recusar qualquer coisa que essa vozinha pedisse. O coração de Pandora ficava inconscientemente mais leve a cada palavra que vinha de dentro da caixa. Epimeteu também, embora ainda no canto, deu meia volta e parecia estar bem melhor do que antes.

— Meu querido Epimeteu — exclamou Pandora — você ouviu essa vozinha?

— Sim, com certeza ouvi — respondeu ele, mas ainda mal--humorado. — E daí?

— Devo levantar a tampa de novo? — perguntou Pandora.

— Faça como você quiser — disse Epimeteu. — Você já causou tanto mal, que talvez possa causar um pouco mais. Um outro Problema, em um enxame como o que você deixou à solta pelo mundo, não pode fazer muita diferença.

— Você poderia falar com um pouco mais de gentileza! — murmurou Pandora, enxugando os olhos.

— Ah, menino malvado! — gritou a vozinha dentro da caixa, em um tom travesso e risonho. — Ele sabe que está ansioso para me ver. Venha, minha querida Pandora, levante a tampa.

Estou com muita pressa de confortá-la. Apenas deixe-me tomar um pouco de ar fresco, e você logo verá que as coisas não são tão ruins assim como você pensa!

— Epimeteu — exclamou Pandora — aconteça o que acontecer, estou decidida a abrir a caixa!

— E como a tampa parece muito pesada — exclamou Epimeteu, correndo pela sala — vou ajudar você!

Assim, de comum acordo, as duas crianças novamente levantaram a tampa. Uma pequena criatura, radiante e sorridente saiu da caixa e pairou sobre a sala, lançando uma luz por onde quer que fosse. Vocês nunca fizeram a luz do sol dançar em cantos escuros, refletindo-a em um espelho? Bem, assim era a alegria alada daquela criatura parecida com uma fada, em meio à escuridão da cabana. Ela voou para Epimeteu e tocou suavemente com seu dedo no local inflamado onde o Problema o havia picado, e imediatamente o sofrimento desapareceu. Então ela beijou Pandora na testa, e sua ferida foi curada da mesma forma.

Depois de realizar essas boas ações, a criatura brilhante esvoaçou alegremente sobre as cabeças das crianças, e olhou para elas com tanta doçura, que ambas começaram a achar que não tinha sido tão errado abrir a caixa, pois, se não o tivesse feito, sua alegre convidada teria sido mantida prisioneira entre aqueles diabinhos perversos com ferrões na cauda.

— Ora, quem é você, bela criatura? — perguntou Pandora.

— Você pode me chamar de Esperança! — respondeu a figura radiante. — E como sou esse corpinho tão alegre, fui colocada na caixa, para compensar a raça humana por aquele enxame de Problemas feios, que estava destinado a ser solto entre os humanos. Não tenha medo! Vamos nos sair muito bem, apesar de todos eles.

— Suas asas são coloridas como o arco-íris! — exclamou Pandora. — Que lindas!

Nathaniel Hawthorne

— Sim, elas são como o arco-íris — disse Esperança — porque, por mais feliz que seja minha natureza, sou parcialmente feita de lágrimas e de sorrisos.

— E você vai ficar conosco para todo o sempre? — perguntou Epimeteu

— Enquanto vocês precisarem de mim — disse Esperança, com seu sorriso agradável — e isso será enquanto vocês viverem nesse mundo; eu prometo nunca os abandonar. Pode haver tempos e estações, agora e no futuro, quando vocês pensarão que eu desapareci completamente, mas de novo, e de novo, e de novo, quando você menos sonharem, verão o brilho das minhas asas no teto de sua cabana. Sim, minhas crianças queridas, e sei que algo muito bom e bonito será dado a vocês no futuro!

— Oh, diga-nos — exclamaram eles — conte-nos o que é!

— Não me perguntem — respondeu Esperança, colocando o dedo na boca rosada. — Mas não se desesperem, mesmo que isso nunca aconteça enquanto vocês viverem nesta terra. Confiem na minha promessa, pois é verdadeira.

— Nós confiamos em você! — gritaram Epimeteu e Pandora de uma só vez.

E assim eles fizeram; e não apenas eles, mas também todos confiaram em Esperança, que está viva desde então. E, para dizer a verdade, não posso deixar de ficar feliz, embora, com certeza, tenha sido uma coisa realmente ruim o que ela fez, não posso deixar de ficar feliz que nossa tola Pandora espiou dentro da caixa. Sem dúvida, sem dúvida, os problemas ainda estão voando sobre o mundo, e surgiram aos montes, em vez de diminuir, e são um conjunto muito feio de diabinhos que carregam os ferrões mais venenosos em suas caudas. Já os senti e sei que vou senti-los mais à medida que envelheço. Mas temos aquela linda e adorável figura da Esperança! O que seria do mundo sem ela?

A Esperança espiritualiza a terra, a esperança a torna sempre nova; e, mesmo quanto ao melhor e mais brilhante aspecto da terra, a Esperança mostra que ele é apenas a sombra de uma felicidade infinita no futuro.

Nathaniel Hawthorne

SALA DE JOGOS DE TANGLEWOOD

Depois da história

— PRÍMULA — PERGUNTOU EUSTÁQUIO, beliscando sua orelha — o que você achou da minha pequena Pandora? Você não acha que ela é seu retrato perfeito? Mas você não teria hesitado tanto tempo em abrir a caixa.

— Então eu seria bem punida por minha desobediência — retrucou Prímula, esperta; — pois a primeira coisa a sair da caixa, depois que a tampa fosse levantada, teria sido o Sr. Eustáquio Bright, em forma de Problema.

— Primo Eustáquio — disse Samambaia — a caixa continha todos os problemas que já vieram ao mundo?

— Cada pedaço deles! — respondeu Eustáquio. — Esta tempestade de neve aí, que estragou minha patinação, estava empacotada lá.

— E qual era o tamanho da caixa? — perguntou Samambaia.

— Bem, talvez um metro de comprimento — disse Eustáquio — 60 centímetros de largura e um metro e meio de altura.

— Ah — disse a criança — você está zombando de mim, primo Eustáquio! Eu sei que não há problemas suficientes no mundo para encher uma caixa tão grande quanto essa. Quanto à tempestade de neve, ela não é só um problema, mas um prazer também, então não poderia estar na caixa.

— Ouça essa criança! — exclamou Prímula, com ar de superioridade. — Ele sabe tão pouco sobre os problemas deste mundo!

Pobre menino! Ele será mais sábio quando tiver visto o mesmo tanto da vida que eu já vi.

Depois de dizer isso, ela começou a pular corda.

Enquanto isso, o dia estava chegando ao fim. Do lado de fora, a cena certamente parecia sombria. Havia uma nevasca cinzenta, espalhada em toda parte, atravessando o crepúsculo que se aproximava; a terra estava tão intransitável quanto o ar e a quantidade de neve sobre os degraus da varanda provavam que ninguém havia entrado ou saído por muitas horas. Se houvesse apenas uma criança na janela de Tanglewood, olhando para essa paisagem de inverno, isso talvez o deixasse triste. Mas meia dúzia de crianças juntas, embora não consigam transformar o mundo em um paraíso, podem desafiar o velho Inverno e todas as suas tempestades a deixá-las desanimadas. Além disso, Eustáquio Bright, no calor do momento, inventou vários jogos novos, que os manteve todos em total animação até a hora de dormir, e também serviram para o próximo dia de tempestade.

AS TRÊS MAÇÃS DE OURO

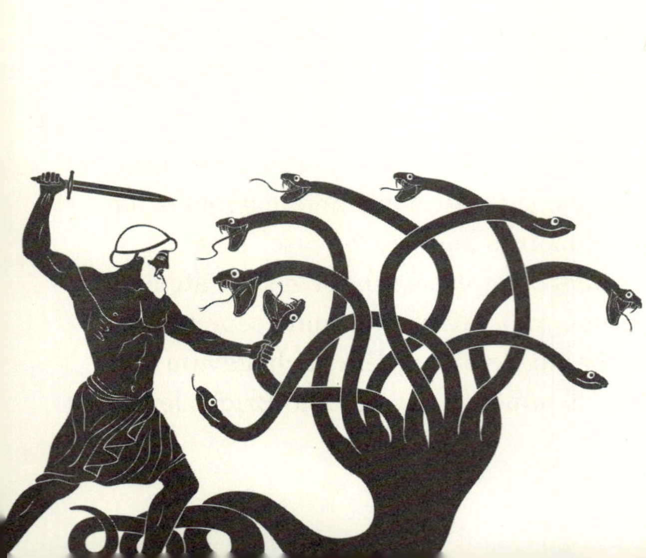

Nathaniel Hawthorne

LAREIRA DE TANGLEWOOD
Introdução a *As Três Maçãs de Ouro*

A TEMPESTADE DE NEVE DUROU MAIS UM DIA, mas o que aconteceu com ela depois, não posso imaginar. De qualquer forma, desapareceu completamente durante a noite e quando o sol nasceu na manhã seguinte, ele brilhou tão intensamente sobre uma região montanhosa aqui em Berkshire que poderia ser visto em qualquer lugar do mundo. Uma camada de gelo cobria de tal maneira as vidraças que era quase impossível vislumbrar a paisagem lá fora. Mas, enquanto esperavam pelo café da manhã, a pequena população de Tanglewood havia riscado buracos mágicos com as unhas e via com grande satisfação que, com exceção de um ou dois trechos abertos em uma encosta íngreme, ou do efeito cinza da neve, misturada com a floresta de pinheiros escuros, toda a natureza estava branca como um lençol. Era extremamente agradável! E, para ficar ainda melhor, estava frio o suficiente para congelar o nariz de todos! Se as pessoas conseguem suportar esse tempo frio, então não há nada que eleve mais os ânimos e faça o sangue se agitar e dançar agilmente, como se fosse um riacho descendo a encosta de uma colina, do que uma geada brilhante e forte.

Assim que o café da manhã acabou, todo o grupo, bem agasalhado com casacos de peles e lãs, saiu para andar no meio da neve. Bem, que dia de brincadeiras geladas foi esse! Eles deslizaram colina abaixo até o vale, cem vezes, ninguém sabe até que distância; e, para deixar tudo mais alegre, virando seus trenós e rolando de cabeça para baixo, com frequência chegavam em segurança ao fim da trilha. E, uma vez, Eustáquio Bright levou

Pervinca, Samambaia e Flor de Abóbora no trenó com ele, para garantir uma descida segura e eles desceram a toda velocidade. Mas acontece que, no meio do caminho, o trenó bateu contra um toco escondido e jogou todos os quatro passageiros em um monte de neve. Quando se levantaram, não havia nem sinal da pequena Flor de Abóbora! O que poderia ter acontecido com a criança? E enquanto eles estavam pensando e olhando em volta, Flor de Abóbora surgiu de um monte de neve, com o rosto mais vermelho que já se viu, como se fosse uma grande flor escarlate que de repente tivesse brotado no meio do inverno. Então todos eles caíram na gargalhada.

Quando se cansaram de deslizar morro abaixo, Eustáquio colocou as crianças para cavar uma caverna no maior monte de neve que puderam encontrar. Infelizmente, assim que foi concluído, e o grupo se espremeu no buraco, o teto caiu sobre suas cabeças e enterrou todas as almas vivas! No momento seguinte, todas as cabecinhas surgiram das ruínas, e a cabeça do estudante alto no meio delas, parecendo grisalha e venerável com o pó de neve que se acumulara entre seus cachos castanhos. E então, para castigar o primo Eustáquio por ter aconselhado a cavar uma caverna que desmoronou tão rápido, as crianças o atacaram e o atingiram com tantas bolas de neve que ele quase não conseguia se levantar.

Então ele fugiu e foi para a floresta, e dali para a margem do Ribeirão Sombrio, onde ele podia ouvir o riacho murmurando sob grandes bancos de neve e gelo, que mal permitiam ver a luz do dia. Havia pingentes de gelo brilhando como diamantes ao redor de todas as suas pequenas cascatas. Dali caminhou até a margem do lago e viu uma planície branca e intocada à sua frente, estendendo-se de onde estavam seus pés até o sopé da Montanha Monumento. E, sendo agora quase a hora do pôr do sol, Eustáquio pensou que nunca tinha visto algo tão revigorante e bonito como aquele cenário. Ele estava feliz que as crianças não estivessem com ele, pois toda aquela animação descontrolada delas teria afugentado seu estado de espírito mais elevado e grave, de modo que ele teria apenas ficado feliz (como já estava o dia inteiro) e não teria conhecido a beleza do pôr do sol de inverno entre as colinas.

Quando o sol já estava bem baixo, nosso amigo Eustáquio foi para casa jantar. Terminada a refeição, dirigiu-se ao escritório com o propósito, eu imagino, de escrever uma ode, ou dois ou três sonetos, ou versos de algum tipo, em louvor às nuvens roxas e douradas que havia visto ao redor do sol poente. Mas, antes que ele tivesse elaborado a primeira rima, a porta se abriu e Prímula e Pervinca apareceram.

— Vão embora, crianças! Não posso ser incomodado por vocês agora! — gritou o estudante, olhando por cima do ombro, com a caneta entre os dedos. — O que vocês querem aqui? Pensei que já estivessem todos na cama!

— Ouça-o, Pervinca, tentando falar como um homem adulto! — disse Prímula. — E ele parece esquecer que agora tenho treze anos, e posso ficar acordada até quase a hora que eu quiser. Mas, primo Eustáquio, você precisa deixar de lado o que está fazendo e vir conosco para a sala de visitas. As crianças têm falado tanto de suas histórias, que meu pai quer ouvir uma delas, a fim de julgar se elas podem nos fazer algum mal.

— Ai, ai, Prímula! — exclamou o estudante, bastante irritado. — Eu acho que não consigo contar uma de minhas histórias na presença de pessoas adultas. Além disso, seu pai é um erudito em obras clássicas; não que eu tenha medo de sua erudição, pois não duvido que, a essa altura, ela esteja tão enferrujada quanto um velho canivete. Mas ele certamente vai brigar com as tolices admiráveis que coloco nessas histórias, tiradas de minha própria cabeça, e que faz o grande encanto que elas causam nas crianças, como você. Nenhum homem de cinquenta anos, que tenha lido os mitos clássicos em sua juventude, pode entender meu mérito como um reinventor e aprimorador dessas histórias.

— Tudo isso pode ser muito verdade — disse Prímula — mas você precisa vir! Meu pai não vai abrir o livro, nem a mamãe vai abrir o piano, até que você tenha nos contado algumas de suas tolices admiráveis, como você mesmo diz. Então seja um bom menino e venha.

Não importando o que ele pudesse inventar, o estudante ficou mais feliz do que qualquer outra coisa, porque pensando melhor percebeu que poderia aproveitar a oportunidade de provar ao sr. Pringle que excelente habilidade ele tinha para modernizar os mitos dos tempos antigos. Até os vinte anos de idade, um jovem pode, de fato, ser bastante tímido para mostrar sua poesia e sua prosa; mas, apesar disso, ele está bastante propenso a pensar que essas mesmas produções o colocariam no topo da literatura, se pudessem ser conhecidas. Assim, sem muito mais resistência, Eustáquio permitiu que Prímula e Pervinca o arrastassem para a sala de visitas.

Era um cômodo grande e bonito, com uma janela semicircular em uma das extremidades, no recesso da qual havia uma cópia em mármore da estátua o Anjo e a Criança, de Greenough. De um lado da lareira havia muitas prateleiras de livros, distintos, mas ricamente encadernados. A luz branca da lâmpada astral e o brilho vermelho do carvão na lareira deixavam a sala brilhante e alegre. Diante do fogo, em uma poltrona bem grande, sentava-se o sr. Pringle, que parecia encaixar-se perfeitamente em uma cadeira e em uma sala como aquelas. Ele era um cavalheiro alto e muito bonito, com uma testa grande e estava sempre tão bem-vestido que nem Eustáquio Bright gostava de entrar em sua presença sem ao menos parar na soleira para ajeitar a gola da camisa. Mas agora, como Prímula segurava uma de suas mãos e Pervinca a outra, ele foi forçado a aparecer com um aspecto meio desarranjado, como se tivesse rolado o dia todo em um monte de neve. E de fato havia.

O sr. Pringle virou-se para o estudante com bastante benignidade, mas de uma maneira que o fez sentir o quanto estava desalinhado e desgrenhado, e o quão desalinhados e desgrenhados estavam igualmente sua mente e seus pensamentos.

— Eustáquio — disse o sr. Pringle, com um sorriso — acho que você está causando uma grande sensação entre o pequeno público de Tanglewood, pelo exercício de seus dons de narrativa. Prímula aqui, como os pequeninos preferem chamá-la, e o resto das crianças fizeram tanto elogios às suas histórias, que a sra. Pringle e eu estamos realmente curiosos para ouvir uma amostra. Seria muito mais gratificante para mim, pois as histórias parecem ser uma tentativa de transformar as fábulas da antiguidade clássica no idioma da fantasia e do sentimento modernos. Pelo menos, penso ser assim por causa de alguns incidentes que chegaram a meu conhecimento.

— O senhor não é exatamente o auditor que eu teria escolhido para fantasias dessa natureza — observou o estudante.

— Possivelmente não — respondeu o sr. Pringle. — Suspeito, entretanto, que o crítico mais útil de um jovem autor é precisamente aquele que ele menos escolheria. Por favor, nos conte uma história.

— A simpatia, penso eu, deve ter uma pequena participação nas qualificações do crítico — murmurou Eustáquio Bright. — No entanto, senhor, se tiver paciência, eu contarei uma história. Mas tenha a gentileza de lembrar que estou me dirigindo à imaginação e à compreensão das crianças, não à sua.

Assim, o aluno se agarrou ao primeiro tema que apareceu. A sugestão veio de uma travessa de maçãs que ele viu de relance na cornija da lareira.

AS TRÊS MAÇÃS DE OURO

Vocês já ouviram falar das maçãs de ouro que cresciam no jardim das Hespérides? Ah, aquelas maçãs que valeriam um bom preço, por quilo, se alguma delas pudesse ser encontrada crescendo nos pomares hoje em dia! Mas, suponho que não haja um enxerto dessa fruta maravilhosa em uma única árvore no mundo inteiro. Já não existe mais sequer uma semente dessas maçãs.

E, mesmo nos tempos antigos, velhos e meio esquecidos, antes que o jardim das Hespérides fosse invadido por ervas daninhas, muitas pessoas duvidavam que pudesse haver árvores reais que produzissem maçãs de ouro maciço em seus galhos. Todos tinham ouvido falar delas, mas ninguém se lembrava de ter visto alguma. As crianças, no entanto, costumavam ouvir, de boca aberta, as histórias da macieira de ouro, e resolveram encontrá-la, quando fossem suficientemente grandes. Jovens aventureiros, que desejavam fazer algo mais corajoso do que qualquer um de seus companheiros, partiram em busca desse fruto. Muitos deles não voltaram mais e nenhum deles trouxe as maçãs. Não é de admirar que eles achassem impossível encontrá-las! Diziam que havia um dragão debaixo da árvore, com cem cabeças terríveis, cinquenta das quais estavam sempre vigiando, enquanto as outras cinquenta dormiam.

Na minha opinião, não valia a pena correr tanto risco por causa de uma maçã de ouro maciço. Se as maçãs fossem doces, macias e suculentas, a coisa seria diferente. Poderia fazer algum sentido tentar alcançá-las, apesar do dragão de cem cabeças.

Mas, como já lhes disse, era muito comum os jovens, cansados de muita paz e sossego, irem à procura do jardim das Hespérides. E uma vez a aventura foi empreendida por um herói que desfrutava de pouquíssima paz ou sossego desde que veio ao mundo. Na época da qual vou falar, ele estava vagando pela agradável terra da Itália, com uma poderosa clava na mão, um arco e uma aljava pendurados nos ombros. Ele estava envolto na pele do maior e mais feroz leão que já havia sido visto, e que ele mesmo havia matado. Embora, no geral, ele fosse gentil, generoso e nobre, havia muito da ferocidade do leão em seu coração. Enquanto seguia seu caminho, perguntava continuamente se aquele era o caminho certo para o famoso jardim. Mas ninguém no campo sabia nada sobre o assunto, e muitos teriam rido da pergunta, se o estranho não carregasse uma clava tão grande.

Então ele continuou viajando, ainda fazendo a mesma pergunta, até que, finalmente, chegou à beira de um rio onde algumas belas moças estavam sentadas tecendo grinaldas de flores.

— Vocês podem me dizer, belas donzelas — perguntou o estranho — se este é o caminho certo para o jardim das Hespérides?

As moças estavam se divertindo muito juntas, tecendo as flores em grinaldas e coroando as cabeças umas das outras. E, enquanto brincavam com elas, parecia haver uma espécie de mágica no toque de seus dedos, que deixava as flores mais frescas e úmidas, com tons mais brilhantes e fragrâncias mais doces do que quando estavam crescendo em seus caules nativos. Mas, ao ouvir a pergunta do estranho, elas largaram todas as flores na grama e o olharam com espanto.

— O jardim das Hespérides! — exclamou uma delas. — Pensamos que os mortais estavam cansados de procurá-lo, depois de tantas decepções. Ora, viajante aventureiro, o que você quer lá?

— Um certo rei, que é meu primo — respondeu ele — ordenou-me que lhe trouxesse três das maçãs de ouro.

— A maioria dos jovens que vão em busca dessas maçãs — observou outra das donzelas — deseja obtê-las para si ou para presenteá-las a alguma bela donzela a quem ama. Então você ama este rei, seu primo, tanto assim?

— Talvez não — respondeu o estranho, suspirando. — Ele sempre foi severo e cruel comigo. Mas é meu destino obedecê-lo.

— E você sabe — perguntou a donzela que havia falado primeiro — que um dragão terrível, com cem cabeças, fica de vigia sob a macieira de ouro?

— Eu sei muito bem — respondeu o estranho, calmamente. — Mas, desde que nasci tem sido meu negócio, e quase meu passatempo, lidar com serpentes e dragões.

As moças olharam para a enorme clava que ele carregava, para a pele de leão felpuda que usava, e também para seus membros fortes e porte heroico, e elas sussurraram uma para a outra que o estranho parecia ser alguém de quem se poderia esperar, com toda certeza, que realizasse façanhas muito além do poder de outros homens. Mas, havia o dragão com cem cabeças! Que mortal, mesmo possuindo cem vidas, poderia esperar escapar das presas de tal monstro? As donzelas eram tão bondosas que não suportariam ver esse corajoso e belo viajante tentar o que era tão perigoso e se dedicar, muito provavelmente, a se tornar uma refeição para as cem bocas famintas do dragão.

— Volte — gritaram todas elas — volte para sua casa! Sua mãe, vendo você são e salvo, derramará lágrimas de alegria; e o que mais ela poderá fazer se você conseguir uma vitória tão grande? Não importam as maçãs de ouro! Não importa o rei, seu primo cruel! Não queremos que o dragão de cem cabeças coma você!

O estranho parecia ficar impaciente com esses protestos. Ele ergueu despreocupadamente sua poderosa clava e a deixou cair sobre uma rocha que estava meio enterrada na terra, ali perto. Com a força daquele golpe preguiçoso, a grande rocha foi despedaçada. Não custava ao estranho mais esforço para realizar essa façanha de força de um gigante do que o esforço de uma das jovens donzelas em tocar a bochecha rosada de sua irmã com uma flor.

— Vocês não acreditam — disse ele, olhando para as donzelas com um sorriso — que um golpe assim teria esmagado uma das cem cabeças do dragão?

Em seguida, sentou-se na grama e contou a história de sua vida, ou tudo o que conseguia se lembrar, desde o dia em que foi embalado pela primeira vez no escudo de bronze de um guerreiro. Enquanto ele estava deitado ali, duas imensas serpentes vieram deslizando pelo chão e abriram suas horríveis mandíbulas para devorá-lo; e ele, um bebê de alguns meses de idade, agarrou cada uma das ferozes cobras em um de seus pequenos punhos e as estrangulou até a morte. Quando ele era apenas um menino, ele havia matado um leão enorme, quase tão grande quanto aquele cuja pele vasta e felpuda ele agora usava sobre seus ombros. A próxima coisa que ele fez foi travar uma batalha com um tipo feio de monstro, chamado hidra, que tinha nada menos que nove cabeças e dentes extremamente afiados em cada uma delas.

— Mas o dragão das Hespérides, você sabe — observou uma das donzelas, — tem cem cabeças!

— No entanto — respondeu o estranho — prefiro lutar contra dois desses dragões do que com uma única hidra. Pois, assim que eu cortava uma cabeça, duas outras cresciam em seu lugar. Além disso, havia uma das cabeças que não podia ser morta, mas continuava mordendo tão ferozmente como sempre, muito tempo depois de ter sido cortada. Então, fui forçado a enterrá-la debaixo de uma rocha, onde sem dúvida está viva até hoje. Mas o corpo da hidra e suas outras oito cabeças, nunca mais fará mal a ninguém.

As donzelas, julgando que a história provavelmente duraria um bom tempo, estavam preparando uma refeição de pão e uvas, para que o estranho pudesse se refrescar nos intervalos de sua conversa. Elas tiveram prazer em servir essa comida simples e, de vez em quando, uma delas colocava uma uva doce entre os lábios rosados, para que ele não ficasse intimidado por comer sozinho.

O viajante começou a contar como perseguiu um veado muito veloz, durante doze meses seguidos, sem nunca parar para respirar, e finalmente o pegou pelos chifres e o levou vivo para casa. Contou também que lutou com uma raça muito estranha de pessoas, metade cavalos e metade homens, e matou todas elas, por senso de dever, para que suas figuras feias nunca mais fossem vistas. Além de tudo isso, ele atribuía um grande crédito a si mesmo por ter limpado um estábulo.

— Você chama isso de uma façanha maravilhosa? — perguntou uma das jovens donzelas, sorrindo. — Qualquer palhaço desse país já fez isso!

— Se fosse um estábulo comum — respondeu o estranho — eu não teria mencionado isso. Mas era uma tarefa tão gigantesca que levaria toda a minha vida para realizá-la, se eu não tivesse pensado em desviar o curso de um rio pela porta do estábulo. Isso resolveu o problema em muito pouco tempo!

Ao perceber que suas lindas ouvintes o escutavam com seriedade, contou-lhes como havia matado alguns pássaros monstruosos e capturado vivo um touro selvagem e deixado ele ir em seguida, e como havia domado vários cavalos selvagens e conquistado Hipólita, a rainha guerreira das Amazonas. Ele também mencionou que havia tirado o cinturão encantado de Hipólita e o havia dado à filha de seu primo, o rei.

— Era o cinturão de Vênus — perguntou a mais bela das donzelas — que torna as mulheres bonitas?

— Não — respondeu o estranho. — Antes era o cinturão para a espada de Marte, e ele tornava quem o usasse valente e corajoso.

— Um velho cinto de espada! —exclamou a donzela, sacudindo a cabeça. — Então eu não deveria me preocupar em tê-lo!

— Você está certa — disse o estranho.

Continuando com sua maravilhosa narrativa, ele contou às donzelas que a aventura mais estranha que já havia acontecido com ele foi quando lutou com Gerião, o homem de seis patas. Era uma figura muito estranha e assustadora, vocês podem acreditar. Qualquer pessoa, olhando seus rastros na areia ou na neve, poderia supor que três companheiros estivessem caminhando juntos. Ao ouvir seus passos a pouca distância, era bem razoável supor que várias pessoas estavam chegando. Mas era apenas o homem estranho Gerião caminhando com suas seis pernas!

Seis pernas e um corpo gigantesco! Certamente, ele deve ter sido um monstro muito estranho de se olhar; e, minha nossa, que desperdício de couro para fazer tantos calçados!

Quando o estranho terminou a história de suas aventuras, ele olhou em volta para os rostos atentos das donzelas.

— Talvez vocês já tenham ouvido falar de mim antes — disse ele, modestamente. — Meu nome é Hércules!

— Já havíamos adivinhado — responderam as donzelas — pois seus feitos maravilhosos são conhecidos em todo o mundo. Agora não achamos mais estranho você partir em busca das maçãs de ouro das Hespérides. Venham, irmãs, vamos coroar o herói com flores!

Então eles colocaram lindas guirlandas sobre sua majestosa cabeça e ombros poderosos, de modo que a pele do leão ficou quase toda coberta de rosas. Elas pegaram sua pesada clava e a entrelaçaram com as flores mais brilhantes, suaves e perfumadas, que nem a largura de um dedo de sua madeira de carvalho podia ser vista. Tudo parecia um enorme buquê de flores. Por fim, elas deram as mãos e dançaram ao redor dele, cantando palavras que se tornaram poesia por si mesmas, e se transformaram em uma canção em coro, em homenagem ao ilustre Hércules.

E Hércules ficou muito feliz, como qualquer outro herói teria ficado, ao saber que aquelas belas jovens tinham ouvido falar dos valentes feitos que lhe custaram tanto trabalho e perigo para realizar. Mas, ainda assim, ele não estava satisfeito. Ele não podia pensar que o que ele já havia feito fosse digno de tanta honra, enquanto restasse qualquer aventura ousada ou difícil a ser empreendida.

— Queridas donzelas — disse ele, quando elas pararam para descansar — agora que vocês sabem meu nome, não vão me dizer como posso chegar ao jardim das Hespérides?

— Ah! você tem que ir tão cedo? — elas exclamaram. — Já que você que fez tantas maravilhas e enfrentou uma vida tão trabalhosa, não pode se contentar em descansar um pouco à margem deste rio tranquilo?

Hércules balançou a cabeça e disse:

— Devo partir agora.

— Então, daremos a você as melhores orientações que pudermos — responderam as donzelas. — Você deve ir até a beira-mar, encontrar o Velho e obrigá-lo a informá-lo onde as maçãs de ouro podem ser encontradas.

— O Velho! — repetiu Hércules, rindo desse nome estranho. — Ora, quem pode ser "Velho?"

— Ora, o Velho Homem do Mar, com certeza! — respondeu uma das donzelas. — Ele tem cinquenta filhas, que alguns dizem ser muito bonitas, mas não achamos apropriado conhecê-las, porque elas têm cabelos verde-mar e nadam como peixes. Você deve conversar com esse Velho. Ele é uma pessoa acostumada a lidar com o mar e sabe tudo sobre o jardim das Hespérides, pois está situado em uma ilha que ele costuma visitar.

Hércules então perguntou onde era mais provável que ele encontrasse o Velho. Quando as donzelas o informaram, ele agradeceu-lhes por toda a sua bondade, pelo pão e pelas uvas com que o alimentaram, as lindas flores com que o coroaram e as canções e danças com que o honraram. Acima de tudo, agradeceu-lhes por informarem o caminho certo e imediatamente partiu em sua jornada.

Mas, antes que ele estivesse bem longe, uma das donzelas o chamou.

— Segure o Velho bem firme quando você o pegar! — disse ela, sorrindo, e levantando o dedo para tornar o alerta mais impressionante.

— Não se surpreenda com o que possa acontecer. Apenas segure-o com firmeza, e ele lhe dirá o que você deseja saber.

Hércules agradeceu novamente e seguiu seu caminho, enquanto as donzelas retomavam seu agradável trabalho de fazer guirlandas de flores. Elas ficaram conversando sobre o herói muito depois de ele ter partido.

— Vamos coroá-lo com a mais bela de nossas guirlandas — disseram elas — quando ele voltar com as três maçãs de ouro, depois de matar o dragão de cem cabeças.

Enquanto isso, Hércules viajava constantemente, sobre colinas e vales, e através dos bosques solitários. Às vezes ele erguia sua clava no alto e estilhaçava um grande carvalho com um golpe certeiro. Sua mente estava tão cheia de gigantes e monstros com quem ele passava a vida lutando, que talvez ele confundisse a grande árvore com um gigante ou um monstro. E Hércules estava tão ansioso para realizar o que se havia proposto que quase lamentou ter passado tanto tempo com as donzelas, desperdiçando fôlego com a história de suas aventuras. Mas assim acontece sempre com as pessoas que estão destinadas a realizar grandes coisas. O que eles já fizeram parece menos do que nada, o que eles se encarregaram de fazer parece valer a labuta, o perigo e a própria vida.

As pessoas que passavam pela floresta devem ter ficado assustadas ao vê-lo ferir as árvores com sua grande clava. Com um único golpe, o tronco era partido como se fosse atingido por um relâmpago, e os galhos grandes caíam farfalhando.

Seguindo sempre em frente com muita pressa, sem nunca parar ou olhar para trás, ele aos poucos começou a ouvir o mar rugindo à distância. Por causa desse som, ele aumentou sua velocidade e logo chegou a uma praia, onde as grandes ondas de arrebentação se precipitavam sobre a areia dura, em uma longa linha de espuma que parecia neve.

Em uma das extremidades da praia, porém, havia um local agradável, onde alguns arbustos verdes subiam por um penhasco, fazendo sua parte rochosa parecer suave e bonita. Um tapete de grama verdejante, em grande parte misturado com trevo perfumado, cobria o estreito espaço entre o fundo do penhasco e o mar. E, então, bem ali, Hércules avistou um velho, profundamente adormecido!

Mas era realmente um homem velho? Com certeza, à primeira vista, parecia muito com um, mas, olhando mais de perto, parecia ser algum tipo de criatura que vivia no mar. Pois, em suas pernas e braços havia escamas, como as dos peixes; ele tinha membranas entre os dedos dos pés e das mãos, como um pato, e sua longa barba, de um tom esverdeado, parecia mais um tufo de algas marinhas do que uma barba comum. Vocês nunca viram um pedaço de madeira, que foi lançado pelas ondas há muito tempo, e está coberto de cracas, e, finalmente, à deriva na praia, parece ter sido jogado do fundo do mar? Bem, o velho teria feito vocês se lembrarem de um mastro arremessado nas ondas! Mas Hércules, no instante em que pôs os olhos nessa estranha figura, estava convencido de que aquele não poderia ser outro senão o Velho, que deveria guiá-lo em seu caminho.

Sim, era o mesmo Velho do Mar de quem as donzelas hospitaleiras lhe haviam falado. Agradecendo às estrelas pela feliz coincidência de encontrar o velho adormecido, Hércules avançou na ponta dos pés em sua direção e o pegou pelo braço e pela perna.

— Diga-me — disse ele, antes que o Velho estivesse bem acordado — qual é o caminho para o jardim das Hespérides?

Como vocês podem imaginar facilmente, o Velho Homem do Mar acordou assustado. Mas seu espanto dificilmente poderia ter sido maior do que o de Hércules, no momento seguinte. Pois, de repente, o Velho pareceu desaparecer de seu alcance, e ele se viu segurando um veado pelas patas dianteiras e traseiras! Mas ainda assim ele o manteve firme. Então o veado desapareceu, e em seu lugar havia uma ave marinha, esvoaçando e gritando, enquanto Hércules a agarrava pela asa e por uma garra! Mas o pássaro não conseguiu fugir. Imediatamente depois, havia um cão feio de três cabeças, que rosnou e latiu para Hércules, e mordeu ferozmente as mãos que o seguravam! Mas Hércules não o deixou ir. Em um minuto, em vez do cão de três cabeças, o que apareceu senão Gerião, o homem-monstro de seis patas, chutando Hércules com cinco de suas pernas, a fim de soltar a restante para libertar-se! Mas Hércules aguentou firme. Pouco a pouco, Gerião já não estava ali, mas uma enorme serpente, como uma daquelas que Hércules havia estrangulado em sua infância, mas cem vezes maior. Ela se torceu e se enroscou no pescoço e no corpo do herói, lançou a cauda para o alto e abriu as suas mandíbulas mortíferas como se fosse devorá-lo de uma vez; realmente era um espetáculo muito horrível! Mas Hércules não desanimou e apertou a grande serpente com tanta força que ela logo começou a sibilar de dor.

Você deve entender que o Velho Homem do Mar, embora geralmente se parecesse tanto com a figura de proa de um navio açoitada pelas ondas, tinha o poder de assumir qualquer forma que quisesse. Quando ele se viu tão fortemente agarrado por Hércules, ele teve a esperança de deixá-lo tão surpreso e aterrorizado com suas transformações mágicas que o herói ficaria feliz em soltá-lo. Se Hércules tivesse afrouxado o aperto, o Velho certamente teria mergulhado até o fundo do mar, de onde não se daria ao trabalho de subir para responder a quaisquer perguntas impertinentes. Noventa e nove pessoas em cem, eu creio, teriam ficado apavoradas com a primeira de suas formas terríveis, e teriam fugido imediatamente, porque uma das coisas mais difíceis deste mundo é ver a diferença entre perigos reais e imaginários.

Mas, como Hércules o segurou firmemente e apenas apertava o Velho com mais força a cada mudança de forma, realmente o colocando em uma tortura razoável, ele finalmente achou melhor reaparecer em estado natural. Então lá estava ele de novo, um personagem parecido com um peixe, escamoso, com pés de pato, com algo que parecia um tufo de algas marinhas no queixo.

— Ora, o que você quer comigo? — gritou o Velho, assim que conseguiu respirar; pois é bastante cansativo transformar-se em tantas formas falsas. — Por que você me aperta com tanta força? Deixe-me ir neste momento ou começarei a considerá-lo uma pessoa extremamente malcriada!

— Meu nome é Hércules! — rugiu o poderoso estranho. — E você nunca vai escapar da minha garra, até que me diga o caminho mais próximo para o jardim das Hespérides!

Quando o velho ouviu quem o havia capturado, percebeu, logo de cara, que seria preciso contar-lhe tudo o que ele queria saber. O Velho era um habitante do mar, vocês devem se lembrar, e navegava por toda parte, como outros viajantes do mar. É claro que ele já tinha ouvido falar muitas vezes da fama de Hércules e das coisas maravilhosas que ele constantemente realizava, em várias partes da terra, e como ele sempre estava determinado a realizar tudo o que decidia fazer. Ele, portanto, não fez mais tentativas de fugir, mas disse ao herói como encontrar o jardim das Hespérides, e também o alertou sobre as muitas dificuldades que deveriam ser superadas antes que ele pudesse chegar lá.

— Você deve continuar, assim e assim — disse o Velho do Mar, depois de indicar os pontos na bússola — até avistar um gigante muito alto, que segura o céu em seus ombros. E, se o gigante estiver de bom humor, ele dirá exatamente onde fica o jardim das Hespérides.

— E se o gigante não estiver de bom humor — observou Hércules, equilibrando a clava na ponta do dedo — talvez eu encontre meios de convencê-lo!

Agradecendo ao Velho do Mar e pedindo perdão por tê-lo apertado com tanta força, o herói retomou sua jornada. Ele se deparou com muitas aventuras estranhas, que valeriam a pena ouvir se eu tivesse tempo para contá-las com todos os detalhes que elas merecem.

Foi nessa jornada, se não me engano, que ele encontrou um gigante prodigioso, tão maravilhosamente criado pela natureza, que toda vez que tocava a terra, ele ficava dez vezes mais forte do que antes. Seu nome era Anteu. Como vocês podem ver, com bastante clareza, era um negócio muito difícil lutar com um sujeito assim, porque sempre que recebia um golpe e era nocauteado, ele começava de novo, mais forte, mais feroz e mais capaz de usar suas armas do que se seu inimigo o tivesse deixado em paz. Assim, quanto mais forte Hércules golpeava o gigante com sua clava, mais ele parecia longe de conquistar a vitória. Eu já discuti com pessoas assim, mas nunca briguei com uma delas. A única maneira pela qual Hércules conseguiu terminar a batalha foi levantando Anteu do chão e apertá-lo, apertá-lo, e apertá-lo, até que, finalmente, quase toda sua força foi retirada de seu corpo enorme.

Quando resolveu esse assunto, Hércules continuou suas viagens e foi para a terra do Egito, onde foi feito prisioneiro, e teria sido condenado à morte, se não tivesse matado o rei do país e escapado. Atravessando os desertos da África, e indo o mais rápido que podia, chegou finalmente à margem do grande oceano.

E ali, a menos que ele pudesse andar sobre as cristas das ondas, parecia que sua jornada havia chegado ao fim.

Não havia nada diante dele, exceto o oceano espumante, impetuoso e imensurável. Mas, de repente, ao olhar para o horizonte, viu algo, muito longe, que não tinha visto no momento anterior. Era algo que brilhava muito intensamente, quase como quando se vê o disco redondo e dourado do sol, quando ele nasce ou se põe sobre a borda do mundo. Evidentemente, aproximou-se; pois, a cada instante, esse objeto maravilhoso se tornava maior e mais brilhante. Por fim, chegou tão perto que Hércules descobriu que era uma imensa taça ou tigela, feita de ouro ou bronze polido. Como ela flutuava no mar isso é tudo o que posso lhes dizer. Lá estava ela, de qualquer forma, rolando nas ondas tumultuosas, que a sacudiam para cima e para baixo, e levantavam suas cristas espumosas contra os lados da taça, mas sem nunca jogar seus borrifos sobre a borda.

— Já vi muitos gigantes na minha vida — pensou Hércules — mas nunca um que precisasse beber vinho em uma taça desse tamanho!

E, na realidade, que taça devia ter sido! Era tão grande... mas tão grande... que, em resumo, tenho medo de dizer o seu real tamanho. Para que tenham uma ideia, vou dizer que era dez vezes maior que uma grande roda de moinho e, apesar de ser feita de metal, ela flutuava sobre as ondas agitadas com mais leveza do que uma xícara cheia de folhas descendo o riacho. As ondas a atiravam para a frente, até que chegou à praia, a uma curta distância do local onde Hércules estava.

Depois que tudo isso aconteceu, ele sabia o que deveria ser feito, pois não havia passado por tantas aventuras notáveis sem aprender muito bem como se comportar sempre que algo um pouco fora do comum acontecia. Estava tão claro como a luz do dia que essa taça maravilhosa havia sido deixada à deriva por algum poder invisível e que foi guiada até ali a fim de transportar Hércules através do mar, em seu caminho para o jardim das Hespérides. Assim, sem esperar mais nenhum minuto, ele subiu pela borda e deslizou para dentro, onde, estendendo sua pele de leão, começou a descansar um pouco. Ele não tinha descansado quase nada desde que se despedira das donzelas à margem do rio. As ondas batiam, com um som agradável e retumbante, contra a circunferência da taça oca; balançava levemente para frente e para trás, e o movimento era tão reconfortante que rapidamente embalou Hércules em um sono agradável.

Seu cochilo provavelmente durou um bom tempo até o momento que a taça bateu de leve contra uma pedra e, em consequência, imediatamente ressoou e reverberou através de sua substância de ouro ou de bronze, cem vezes mais alto do que um sino de igreja. O barulho despertou Hércules, que instantaneamente se levantou e olhou ao redor, perguntando-se onde estava. Não demorou muito para descobrir que a taça havia flutuado por grande parte do mar e estava se aproximando da costa do que parecia ser uma ilha. E, naquela ilha, o que vocês acham que ele viu?

Não; vocês nunca irão adivinhar, nem se tentarem cinquenta mil vezes! Na minha humilde opinião, esse foi o espetáculo mais maravilhoso que Hércules já viu em todo o curso de suas maravilhosas viagens e aventuras. Era uma maravilha maior do que a hidra de nove cabeças, que cresciam duas vezes mais rápido do que eram cortadas; maior do que o homem-monstro de seis pernas; maior que Anteu; maior do que qualquer coisa que já tenha sido vista por qualquer pessoa, antes ou desde os dias de Hércules, ou do que qualquer coisa que ainda será vista por viajantes em todos os tempos por vir. Era um gigante!

Mas um gigante estupendamente grande! Um gigante tão alto quanto uma montanha; um gigante tão enorme, que as nuvens pairavam em sua cintura, como um cinto, e pendiam como uma barba grisalha de seu queixo, esvoaçando diante de seus olhos enormes, de modo que ele não podia ver Hércules nem a taça de ouro em que viajava. Mas, o mais maravilhoso de tudo, o gigante erguia suas grandes mãos e parecia sustentar o céu, que, até onde Hércules podia discernir através das nuvens, estava repousando sobre sua cabeça! Isso realmente parece quase demais para acreditar.

Enquanto isso, a taça brilhante continuou a flutuar e finalmente tocou a praia. Nesse momento, uma brisa afastou as nuvens diante do rosto do gigante, e Hércules o viu, com todas as suas enormes feições: cada um dos olhos tão grande quanto um lago, um nariz de quase dois quilômetros e uma boca da mesma largura. Era um semblante terrível por causa de sua enormidade de tamanho, mas desconsolado e cansado, o mesmo que vocês podem ver nos rostos de muitas pessoas hoje em dia que são obrigadas a suportar fardos acima de suas forças. O céu era para o gigante o que os cuidados da Terra são para aqueles que se deixam sobrecarregar por eles. E sempre que os homens assumem o que está além da medida exata de suas habilidades, eles encontram exatamente o tormento que dominava esse pobre gigante.

Pobre sujeito! Evidentemente ele estava ali por um longo tempo. Uma floresta antiga estava crescendo e se deteriorando ao redor de seus pés; e carvalhos, de seis ou sete séculos de idade, brotavam de bolotas e cresciam entre seus dedos.

O gigante agora olhou para baixo, da imensa altura de seus grandes olhos e, percebendo Hércules, rugiu, com uma voz que parecia um trovão, saindo da nuvem que acabara de passar perto de seu rosto.

— Quem é você, aí embaixo próximo aos meus pés? E de onde você vem naquela pequena taça?

— Sou Hércules! — trovejou de volta o herói, com uma voz quase ou tão alta quanto a do gigante. — E eu estou procurando o jardim das Hespérides!

— Ah! Ah! Ah! — rugiu o gigante, dando uma imensa gargalhada. — Essa é uma aventura sábia, realmente!

— E por que não? — gritou Hércules, ficando um pouco irritado com a alegria do gigante. — Você acha que eu tenho medo do dragão com cem cabeças!

Exatamente nesse momento, enquanto conversavam, algumas nuvens negras se juntaram no meio do gigante e explodiram em uma tremenda tempestade de trovões e relâmpagos, causando tanto rebuliço que Hércules viu que era impossível distinguir uma palavra. Apenas as pernas imensuráveis do gigante podiam ser vistas, erguendo-se na obscuridade da tempestade, e, de vez em quando, um vislumbre momentâneo de toda a sua figura, envolta em uma massa de névoa. Ele parecia estar falando, a maior parte do tempo, mas sua voz imensa, profunda e grossa ecoava com as reverberações dos trovões e se perdia pelas colinas, como elas. Assim, falando o tempo todo, o gigante tolo gastou uma quantidade incalculável de fôlego, sem propósito algum, pois o trovão falava tão inteligivelmente quanto ele.

Por fim, a tempestade passou, tão repentinamente quanto veio. E lá estava novamente o céu claro, e o gigante cansado segurando-o, e a agradável luz do sol brilhando sobre sua vasta altura, iluminando-o contra o fundo das sombrias nuvens de trovoadas. A cabeça do gigante estava tão acima da chuva, que nem um fio de cabelo ficou umedecido por suas gotas! Quando o gigante pôde ver Hércules ainda de pé à beira-mar, ele rugiu para ele novamente:

— Eu sou Atlas, o gigante mais poderoso do mundo! E eu seguro o céu sobre minha cabeça!

— Isso eu já percebi — respondeu Hércules. — Mas você pode me mostrar o caminho para o jardim das Hespérides?

— O que você quer lá? — perguntou o gigante.

— Quero três maçãs de ouro — gritou Hércules — para meu primo, o rei.

— Não há ninguém além de mim — disse o gigante — que possa ir ao jardim das Hespérides e colher as maçãs de ouro. Se não fosse essa pequena tarefa de sustentar o céu, eu daria meia dúzia de passos até o outro lado do mar, e as pegaria para você.

— Você é muito gentil — respondeu Hércules. — E você não pode descansar o céu sobre uma montanha?

— Nenhuma delas é alta o suficiente — disse Atlas, balançando a cabeça. — Mas, se você ficasse no cume daquela mais próxima, sua cabeça ficaria quase no mesmo nível da minha. Você parece ser um sujeito com uma força razoável. E se você carregasse meu fardo sobre seus ombros enquanto eu realizo sua tarefa?

Hércules, como vocês devem lembrar, era um homem extraordinariamente forte, e embora a tarefa de sustentar o céu certamente exigisse uma enorme quantidade de força muscular, ainda assim, se algum mortal pudesse ser considerado capaz de tal façanha, ele seria o único. No entanto, parecia uma empreitada tão difícil que, pela primeira vez em sua vida, ele hesitou.

— O céu é muito pesado? — ele perguntou.

— Ora, não particularmente no início — respondeu o gigante, encolhendo os ombros. — Mas fica um pouco pesado, depois de mil anos!

— E quanto tempo — perguntou o herói — você levará para pegar as maçãs douradas?

— Bem, isso será feito em alguns minutos — exclamou Atlas. — A cada passo eu avanço entre 16 e 25 quilômetros; estarei no jardim e voltarei antes que seus ombros comecem a doer.

— Bem, então — respondeu Hércules — vou escalar a montanha atrás de você e aliviá-lo de seu fardo.

A verdade é que Hércules tinha um coração bondoso e considerou que deveria estar fazendo um favor ao gigante, permitindo-lhe essa oportunidade de dar uma volta. E, além disso, ele pensou que seria ainda mais para sua glória, se ele pudesse se gabar de sustentar o céu, do que simplesmente fazer uma coisa tão comum como conquistar um dragão com cem cabeças. Assim, sem mais palavras, o céu foi retirado dos ombros de Atlas e colocado sobre os de Hércules.

Quando isso foi realizado com segurança, a primeira coisa que o gigante fez foi se esticar; e vocês podem imaginar que espetáculo prodigioso foi aquele. Em seguida, ele ergueu lentamente um de seus pés para tirá-lo da floresta que havia crescido ao seu redor e depois, o outro. Então, de repente, ele começou a pular, saltar e dançar de alegria por sua liberdade; pulando a uma altura que ninguém poderia medir e voltando ao chão novamente com um choque que fazia a terra tremer. Então ele riu — Ah! Ah! Ah! – com um rugido estrondoso que ecoou pelas montanhas, as de longe e as de perto, como se elas e o gigante fossem irmãos com muita alegria. Quando sua alegria diminuiu um pouco, ele entrou no mar; quinze quilômetros no primeiro passo, o que deixou a água no meio da perna; e quinze quilômetros no segundo passo, quando a água ficou logo acima de seus joelhos; e mais quinze quilômetros no terceiro, com o qual ficou imerso quase até a cintura. Essa era a maior profundidade do mar.

Hércules observava o gigante enquanto ele avançava, pois era realmente uma visão maravilhosa, aquela imensa forma humana, a mais de cinquenta quilômetros de distância, meio escondida no oceano, mas com a metade superior tão alta, enevoada e azul, como uma montanha distante. Por fim, a forma gigantesca desapareceu completamente de vista. E agora Hércules começou a considerar o que deveria fazer, caso Atlas se afogasse no mar, ou se fosse picado até a morte pelo dragão de cem cabeças que guardava as maçãs de ouro das Hespérides. Se tal infortúnio acontecesse, como ele poderia se livrar do céu? E, a propósito, o peso já começava a incomodar um pouco a cabeça e os ombros.

— Tenho muita pena do pobre gigante — pensou Hércules. — Se isso me cansa tanto em dez minutos, como deve tê-lo cansado em mil anos!

Ah meus queridos amiguinhos, vocês não têm ideia do peso que havia naquele mesmo céu azul, que parece tão suave e aéreo acima de nossas cabeças! E também havia as rajadas de vento, as nuvens frias e úmidas e o sol escaldante, todos se revezando para deixar Hércules desconfortável! Ele começou a temer que o gigante nunca mais voltasse. Olhou melancolicamente para o mundo abaixo dele, e reconheceu para si mesmo que era um tipo de vida muito mais feliz ser um pastor ao pé de uma montanha, do que ficar em seu cume vertiginoso e sustentar o firmamento com sua capacidade e força física. Pois, como vocês, com certeza, entenderão facilmente, Hércules tinha uma imensa responsabilidade em sua mente, assim como um peso em sua cabeça e ombros. Ora, se ele não ficasse perfeitamente parado e mantivesse o céu imóvel, o sol talvez ficasse desalinhado! Ou, depois do anoitecer, muitas das estrelas poderiam se soltar e cair, como chuva de fogo, sobre as cabeças das pessoas! E como o herói ficaria envergonhado se, devido à sua instabilidade sob o peso do céu, este rachasse e mostrasse uma grande fissura de uma extremidade a outra!

Não sei quanto tempo se passou antes que, para sua alegria indescritível, ele avistasse a enorme forma do gigante, como uma nuvem, no horizonte distante do mar. Ao se aproximar, Atlas ergueu a mão, na qual Hércules pôde perceber três magníficas maçãs douradas, do tamanho de abóboras, todas penduradas em um galho.

— Estou feliz em vê-lo novamente — gritou Hércules, quando o gigante estava ao alcance de sua voz. — Então você conseguiu pegar as maçãs douradas?

— Certamente, certamente — respondeu Atlas — e são maçãs muito bonitas. Peguei as melhores que cresceram na árvore, eu lhe garanto. Ah! é um belo local, aquele jardim das Hespérides. Sim! E o dragão de cem cabeças é uma visão que todo homem devia ter. Afinal, teria sido melhor se você mesmo tivesse ido buscar as maçãs.

— Não importa — respondeu Hércules. — Você fez um passeio agradável e resolveu o assunto tão bem quanto eu o faria. Agradeço-lhe de coração pelo seu esforço. E agora, como tenho um longo caminho a percorrer e estou bastante apressado, e como o rei, meu primo, está ansioso para receber as maçãs de ouro, você faria a gentileza de tirar o céu de meus ombros novamente?

— Ora, quanto a isso... — disse o gigante, jogando as maçãs de ouro no ar a mais ou menos trinta quilômetros de altura e pegando-as enquanto elas caíam — ... quanto a isso, meu bom amigo, considero você um tanto irracional. Será que não posso levar as maçãs de ouro ao rei, seu primo, muito mais rápido do que você? Como Sua Majestade está com tanta pressa em recebê-las, prometo a você que darei meus passos mais largos. E, além disso, não tenho nenhum um pouco de vontade de carregar o céu nesse momento.

Ao ouvir isso, Hércules ficou impaciente e encolheu os ombros. Como já era a hora do crepúsculo, você poderia ter visto duas ou três estrelas caindo de seus lugares. Todos na terra olharam para cima com medo, pensando que o céu poderia cair em seguida.

— Ah, você não pode fazer isso! — gritou o Gigante Atlas, com uma grande gargalhada. — Eu não deixei cair tantas estrelas assim nos últimos cinco séculos. Quando você ficar aí tanto tempo quanto eu, começará a aprender a ter paciência!

— O quê! — gritou Hércules, muito irado — você pretende me fazer carregar esse fardo para sempre?

— Vamos ver isso um dia desses — respondeu o gigante. — De qualquer forma, você não deve reclamar, se tiver que suportar os próximos cem anos, ou talvez os próximos mil. Eu carreguei bem mais tempo que isso, apesar da dor nas costas. Bem, então, depois de um mil anos, se eu sentir vontade, podemos mudar de novo. Você é certamente um homem muito forte e nunca terá uma oportunidade melhor de provar isso. A posteridade falará de você, eu garanto!

— Que droga! Sua conversa não vale um centavo! — gritou Hércules, mexendo os ombros novamente. — Você poderia me fazer um favor e apenas erguer o céu sobre sua cabeça um instante? Quero fazer uma almofada com a minha pele de leão, para colocar o peso sobre ela. É muito peso e está realmente me machucando, isso causará inconvenientes desnecessários durante todos os séculos que terei que ficar aqui.

— Isso é mais do que justo, eu farei isso! — disse o gigante, pois ele não tinha sentimentos indelicados em relação a Hércules e estava apenas agindo de modo muito egoísta para sua facilidade. — Por apenas cinco minutos, vou segurar o céu de novo. Apenas por cinco minutos, lembre-se! Não tenho ideia de passar mais mil anos como passei os últimos. Eu sempre digo que a variedade é o tempero da vida.

Ah, que velho gigante trapaceiro! Ele jogou as maçãs de ouro no chão e recebeu de volta o céu, da cabeça e dos ombros de Hércules, colocando-o sobre seus ombros, onde pertencia por direito. E Hércules pegou as três maçãs de ouro que eram tão grandes ou maiores que abóboras, e partiu imediatamente em sua jornada de volta para casa, sem prestar a menor atenção aos gritos retumbantes do gigante, que gritava para que ele voltasse. Outra floresta surgiu ao redor de seus pés e ali envelheceu; e novamente podiam ser vistos carvalhos, de seis ou sete séculos de idade, que haviam envelhecido assim entre seus dedos enormes.

E lá está o gigante até hoje; ou, de qualquer forma, lá está uma montanha tão alta quanto ele e que leva seu nome; e quando o trovão ressoa em seu cume, podemos imaginar que seja a voz do Gigante Atlas, gritando por Hércules!

Nathaniel Hawthorne

LAREIRA DE TANGLEWOOD
Depois da história

— PRIMO EUSTÁQUIO — perguntou Samambaia, que estava sentado aos pés do contador de histórias, de boca aberta, —qual era exatamente a altura desse gigante?

— Ah meu querido Samambaia, Samambaia! — exclamou o estudante. — Você acha que eu estava lá, para medi-lo com uma fita métrica? Bem, já que você gosta de saber os mínimos detalhes, eu suponho que ele deveria ter uns 25 quilômetros quando ficava em pé, e que ele poderia sentar-se nas Montanhas Tacônicas e usar a Montanha Monumento como banquinho para os pés.

— Minha nossa! — respondeu o bom menino, exclamando com satisfação — era um gigante, com toda certeza! E qual era o tamanho do dedo mindinho dele?

— De Tanglewood até o lago — disse Eustáquio.

— Com certeza, era um gigante mesmo! — repetiu Samambaia, extasiado com a precisão dessas medidas. — E eu também gostaria de saber de que largura eram os ombros de Hércules?

— Isso é o que eu nunca consegui descobrir — respondeu o estudante. — Mas acho que deviam ser bem mais largos que os meus, ou que os de seu pai, ou que de quase todos os ombros que se vê hoje em dia.

— Gostaria — sussurrou Samambaia, com a boca perto da orelha do estudante — que você me dissesse o tamanho de alguns dos carvalhos que cresciam entre os dedos do gigante.

— Eles eram maiores — disse Eustáquio — do que o grande castanheiro que fica atrás da casa do capitão Smith.

— Eustáquio — observou o sr. Pringle, após alguma consideração — acho impossível expressar uma opinião sobre esta história que possa gratificar, no mínimo, seu orgulho pela autoria. Por favor, deixe-me aconselhá-lo a nunca mais interferir em um mito clássico. Sua imaginação é totalmente gótica e inevitavelmente transformará em gótico tudo o que você toca. O efeito é como pintar uma estátua de mármore com tinta. E esse gigante, então! Como você pode se aventurar a encaixar a massa enorme e desproporcional que ele tinha entre os contornos decentes da fábula grega, cuja tendência é colocar até mesmo o extravagante dentro de limites, através de sua elegância predominante?

— Eu descrevi o gigante do modo como pareceu para mim — respondeu o estudante, bastante irritado. — E se o senhor apenas estabelecesse uma relação com essas fábulas, a qual é necessária para remodelá-las, veria imediatamente que um antigo grego não tinha mais direito exclusivo sobre elas do que um ianque moderno tem. Elas são propriedade comum do mundo e de todos os tempos. Os poetas antigos as remodelavam à vontade e as seguravam como plástico nas mãos; e por que não deveriam ser como plástico em minhas mãos também?

O sr. Pringle não conseguiu conter o riso.

— E além disso — continuou Eustáquio — no momento em que se coloca emoção, qualquer paixão ou afeição, qualquer moral humana ou divina, em um molde clássico, você faz com que seja diferente do que era antes. Minha opinião é que os gregos, tomando posse dessas lendas (que eram o direito imemorial desde o surgimento da humanidade) e colocando-as em formas de beleza indestrutível, sem dúvida, porém frias e sem coração, causaram a todas as eras subsequentes um dano incalculável.

— Dano esse, sem dúvida, que você nasceu para consertar — disse o sr. Pringle, rindo abertamente. — Bem, bem, vá em frente; mas siga meu conselho, e nunca coloque nenhuma de suas caricaturas no papel. E, como seu próximo esforço, por que você não tenta dar seu toque a alguma das lendas de Apolo?

— Ah, o senhor propõe isso como uma impossibilidade — observou o estudante, após um momento de meditação — e, com certeza, à primeira vista, a ideia de um Apolo gótico parece um tanto ridícula. Mas, estudarei sua sugestão e não vou perder a esperança de obter sucesso.

Durante a discussão acima mencionada, as crianças (que não entenderam uma palavra) ficaram com muito sono e foram mandadas para a cama. Seu murmúrio sonolento foi ouvido, subindo a escada, enquanto um vento noroeste rugia alto entre as copas das árvores de Tanglewood e tocava um hino pela casa. Eustáquio Bright voltou ao escritório e novamente tentou elaborar alguns versos, mas adormeceu entre duas rimas.

O JARRO MILAGROSO

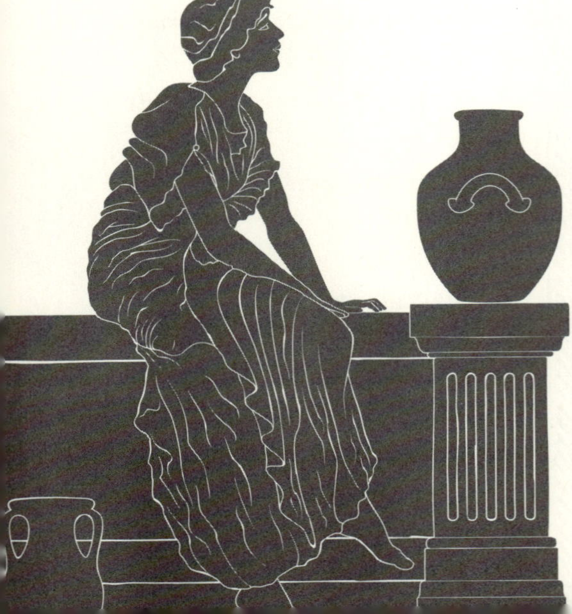

Nathaniel Hawthorne

A ENCOSTA DA COLINA
Introdução a *O Jarro Milagroso*

E QUANDO E ONDE VOCÊS ACHAM que encontraremos as crianças em seguida? Não mais no inverno, mas no alegre mês de maio. Não mais no quarto de brinquedos de Tanglewood, ou ao lado da lareira, mas na metade do caminho para uma monstruosa colina, ou montanha, como talvez ela preferisse que a chamássemos. Eles haviam saído de casa com o firme propósito de escalar aquela alta colina até o topo de sua cabeça calva. Com certeza, não era tão alta quanto a Montanha Chimborazo ou o Mont Blanc, e era até bem mais baixa que a velha Graylock. Mas, de qualquer forma, era mais alta que mil formigueiros ou um milhão de montinhos de terra feitos por toupeiras; e, quando medida pelos passos curtos de pequenas crianças, podia ser considerada uma montanha muito respeitável.

E o primo Eustáquio estava com o grupo? Disso você pode ter certeza; caso contrário, como o livro poderia avançar mais um pouco? Ele estava agora no meio das férias de primavera, e parecia tão bem quanto o vimos há quatro ou cinco meses, exceto que, se você olhasse bem de perto para a parte superior do lábio, poderia discernir um bigode, pequeno, mas engraçado, sobre ele. Deixando de lado essa marca de masculinidade madura, você pode considerar que o primo Eustáquio era o mesmo garoto que você conheceu no início da história. Ele estava tão alegre, tão brincalhão, tão bem-humorado, com os pés e a alma tão leves, e como sempre era o favorito dos pequenos. Essa expedição montanha acima havia sido totalmente planejada por ele. Durante toda a subida íngreme, ele encorajava as crianças mais velhas com sua voz alegre, e quando Dente-de-leão, Primavera e Flor de Abóbora ficavam cansados, ele os carregava, alternadamente, nas costas. Assim, passaram pelos pomares e pastagens da parte baixa do morro, e chegaram à floresta, que dali se estendia até o topo da montanha onde não havia nenhuma vegetação.

O mês de maio, até então, tinha sido mais agradável do que costumava ser, e este era um dia tão doce e cordial quanto o coração do homem ou da criança poderia desejar. Ao subir a colina, os pequenos encontraram muitas violetas azuis e brancas, e algumas tão douradas como se tivessem recebido o toque de Midas. A mais sociável das flores, a pequena eldevais, era muito abundante. É uma flor que nunca vive sozinha, mas que ama sua espécie e sempre gosta de morar com muitos amigos e parentes ao seu redor. Às vezes você vê uma família delas, cobrindo um espaço não maior que a palma da sua mão, e, às vezes, uma grande comunidade, branqueando todo um pedaço de pasto, e todas mantendo umas às outras com coração alegre e a vida feliz.

À beira da floresta havia columbinas, que pareciam mais pálidas do que vermelhas, porque eram tão modestas e achavam apropriado esconder-se do sol ansiosamente. Havia também gerânios silvestres e mil flores brancas de morango. O arbusto do lado direito ainda não estava completamente desabrochado, mas escondia suas flores preciosas sob as folhas secas da floresta que caíram no ano anterior, com o mesmo cuidado que uma mamãe-pássaro esconde seus filhotes. Ele sabia, suponho, quão lindas e perfumadas elas eram. O modo como escondia as flores era tão sábio que as crianças às vezes cheiravam a delicada riqueza de seu perfume antes de saberem de onde vinha.

Em meio a tanta vida nova, era estranho e verdadeiramente lamentável ver, aqui e ali, nos campos e pastagens, as perucas brancas dos dentes-de-leão que já haviam se espalhado. Elas tinham terminado o verão antes que o verão chegasse. Dentro daqueles pequenos globos de sementes aladas era outono agora!

Bem, mas não devemos desperdiçar nossas valiosas páginas com mais conversas sobre a primavera e as flores silvestres. Há algo, esperamos, mais interessante para ser falado. Se você olhar para o grupo de crianças, poderá vê-las todas reunidas ao redor de Eustáquio Bright, que, sentado no tronco de uma árvore, parece estar apenas começando uma história. O fato é que a parte mais jovem da tropa descobriu que são necessários muitos de seus passos curtos para medir a longa subida da colina. O primo Eustáquio, portanto, decidiu deixar Samambaia, Primavera, Flor de Abóbora e Dente-de-leão neste ponto, no meio do caminho, até que o restante do grupo voltasse do cume. E como eles reclamam um pouco e não gostam muito de ficar para trás, ele lhes dá algumas maçãs que estavam em seu bolso, e se propõe a contar-lhes uma história muito bonita. Então eles se animam e trocam seus olhares tristes por sorrisos bem largos.

Quanto à história, eu estava lá para ouvi-la, escondido atrás de um arbusto, e vou contá-la a vocês nas próximas páginas.

O JARRO MILAGROSO

Uma noite, em tempos remotos, o velho Filemon e sua velha esposa, Baucis, estavam sentados à porta de sua casa, apreciando o belo e calmo pôr do sol. Eles já haviam comido seu jantar simples e pretendiam passar uma ou duas horas tranquilas antes de dormir. Então eles conversaram sobre seu jardim, sua vaca, suas abelhas e suas videiras que subiam pela parede da cabana e nas quais as uvas começavam a ficar roxas. Mas os gritos grosseiros das crianças e os latidos ferozes dos cães, na aldeia próxima, foram ficando cada vez mais altos, até que, finalmente, era quase impossível para Baucis e Filemon ouvirem um ao outro.

— Ah, mulher — exclamou Filemon — receio que algum pobre viajante esteja procurando hospitalidade entre nossos vizinhos e, em vez de lhe dar comida e hospedagem, eles soltaram seus cães em cima dele, como sempre fazem!

— Que pena! — respondeu a velha Baucis. — Gostaria que nossos vizinhos tivessem um pouco mais de bondade para com seus semelhantes. E ainda criam seus filhos dessa maneira malcriada, fazendo um carinho em suas cabeças quando atiram pedras em estranhos!

— Essas crianças nunca serão boas — disse Filemon, balançando a cabeça branca. — Para dizer a verdade, mulher, não me admiraria se alguma coisa terrível acontecesse a todas as pessoas da aldeia, a menos que mudassem seu modo de agir. Mas, quanto a você e a mim, enquanto a Providência nos der um pedaço de pão, estaremos prontos para dar metade a qualquer pobre e estranho sem-teto que aparecer aqui e precisar.

— Isso mesmo, querido! — disse Baucis. — É isso que faremos!

Esses dois idosos, vocês precisam saber, eram muito pobres e tinham que trabalhar bastante para viver. O velho Filemon trabalhava diligentemente em seu jardim, enquanto Baucis estava sempre ocupada costurando ou fazendo um pouco de manteiga e queijo com leite de vaca, ou fazendo uma coisa e outra na cabana. Os alimentos que comiam eram pão, leite e legumes, às vezes uma porção de mel de sua colmeia, e de vez em quando um cacho de uvas que havia amadurecido na parede da cabana. Mas eles eram dois dos idosos mais gentis do mundo, e poderiam dividir seu jantar com alegria, em qualquer dia, sem se recusar a oferecer uma fatia de seu pão caseiro, uma xícara de leite fresco e uma colher de mel para o viajante cansado que passasse diante de sua porta. Eles sentiam que tais convidados tinham uma espécie de santidade e que deveriam, portanto, tratá-los melhor e mais generosamente do que a si mesmos.

A cabana deles ficava em um terreno elevado, a uma curta distância de uma aldeia, que ficava em um vale vazio, com cerca de um quilômetro de largura. Este vale, em épocas passadas, quando o mundo era novo, provavelmente tinha sido o leito de um lago. Ali, peixes deslizavam para lá e para cá nas profundezas, ervas daninhas cresciam ao longo da margem, e árvores e colinas tinham suas imagens refletidas no amplo e calmo espelho. Mas, quando as águas começaram a baixar, os homens cultivaram o solo e construíram casas sobre ele, de modo que agora era um local fértil e não apresentava vestígios do antigo lago, exceto um riacho muito pequeno, que serpenteava no meio da vila e fornecia água para os habitantes. O vale já era terra seca há tanto tempo que os carvalhos haviam brotado e crescido grandes e altos, pereceram com a velhice e foram substituídos por outros, tão altos e majestosos quanto os primeiros. Nunca houve vale mais bonito ou mais frutífero. A própria visão da abundância ao redor deles deveria ter tornado os habitantes amáveis, gentis e prontos para mostrar sua gratidão à Providência fazendo o bem a seus semelhantes.

Mas, lamentamos dizer que as pessoas desta adorável vila não eram dignas de morar em um local para o qual o Céu havia sorrido de maneira tão benevolente. Era um povo muito egoísta e de coração duro, e não tinha pena dos pobres nem simpatia pelos desabrigados. Eles simplesmente ririam se alguém lhes dissesse que os seres humanos têm uma dívida de amor uns com os outros, porque não há outro método de pagar a dívida de amor e cuidado que todos nós temos com a Providência. Vocês dificilmente irão acreditar no que vou lhes contar. Essas pessoas maldosas ensinavam seus filhos a não serem melhores do que elas mesmas, e costumavam bater palmas, para encorajar, quando viam os meninos e meninas correndo atrás de algum pobre estranho, gritando atrás dele e atirando-lhe pedras. Elas tinham cães grandes e ferozes, e sempre que um viajante se aventurava a aparecer na rua da aldeia, esse bando de vira-latas desagradáveis corria para encontrá-lo, latindo, rosnando e mostrando os dentes. Então, eles o agarravam pela perna, ou pelas roupas, onde conseguiam pegar; e se ele estava esfarrapado quando chegava, geralmente virava um objeto lamentável antes de ter tempo de fugir. Isso era algo muito terrível para os viajantes pobres, como vocês podem imaginar, especialmente quando eram doentes, fracos, coxos ou velhos. Essas pessoas (se eles soubessem o quanto aquele povo era cruel, e como seus filhos eram indelicados e malcriados) iriam passar a quilômetros e quilômetros de distância daquele lugar, em vez de tentar passar pela vila novamente. O que tornava a situação pior, se isso é possível, era que, quando pessoas ricas vinham em suas carruagens, ou cavalgando em belos cavalos, com seus servos em ricas vestimentas cuidando deles, ninguém poderia ser mais civilizado e obsequioso do que os habitantes da vila. Eles tiravam seus chapéus e faziam as reverências mais humildes que já se viu. Se as crianças fossem rudes, com certeza levariam um tapa na orelha;

e quanto aos cachorros, se um único cão da matilha se atrevesse a latir, seu dono instantaneamente o espancava com um porrete e o amarrava sem jantar. Isso era muito bom só para provar que os moradores da vila se importavam muito com o dinheiro que um estranho tinha no bolso, e nada com a alma humana, que vive igualmente no mendigo e no príncipe.

Agora vocês podem entender por que o velho Filemon falou com tanta tristeza quando ouviu os gritos das crianças e os latidos dos cães na extremidade mais distante da rua da vila. Houve uma grande confusão, que durou um bom tempo, e parecia atravessar toda a largura do vale.

— Eu nunca ouvi os cães latindo tão alto! — observou o bom velhinho.

— Nem as crianças agindo tão rudes! — respondeu sua boa e velha esposa.

Eles se sentaram balançando a cabeça, um olhando para o outro, enquanto o barulho se aproximava cada vez mais; até que, ao pé da pequena colina em que ficava sua cabana, viram dois viajantes se aproximando a pé. Logo atrás deles vinham os cães ferozes, rosnando em seus calcanhares. Um pouco mais adiante, corria uma multidão de crianças, que soltavam gritos estridentes e atiravam pedras nos dois estranhos, com toda a força. Uma ou duas vezes, o mais jovem dos dois homens (ele era uma figura esbelta e muito ativa) virou-se e afastou os cães com um cajado que carregava na mão. Seu companheiro, que era uma pessoa muito alta, caminhava calmamente, como se não estivesse notando as crianças malcriadas, ou o bando de vira-latas, cujas maneiras as crianças pareciam imitar.

Ambos os viajantes estavam vestidos muito humildemente e pareciam não ter dinheiro suficiente no bolso para pagar uma noite de hospedagem. E essa, receio, foi a razão pela qual os moradores permitiram que seus filhos e cães os tratassem com tanta grosseria.

— Venha, mulher — disse Filemon a Baucis — vamos acolher esses pobres homens. Sem dúvida, eles estão cansados demais para subir a colina.

— Vá até eles e encontre-os — respondeu Baucis — enquanto eu me apresso lá dentro de casa e vejo se conseguimos algo para o jantar deles. Uma reconfortante tigela de leite com pão faria maravilhas para animá-los.

Assim, ela correu para dentro da cabana. Filemon, por sua vez, avançou e estendeu a mão com um aspecto tão hospitaleiro que não era necessário dizer nada; no entanto, ele disse, no tom mais caloroso que se possa imaginar:

— Bem-vindos, estranhos! Bem-vindos!

— Obrigado! — respondeu o mais jovem dos dois, de uma forma animada, apesar de estar cansado e aborrecido. — Esta é uma saudação bem diferente da que encontramos lá na vila. Puxa vida, por que vocês moram em uma vizinhança tão ruim?

— Ah! — observou o velho Filemon, com um sorriso sereno e bondoso. — A Providência me colocou aqui, espero, entre outras razões, para que eu possa acolher vocês da melhor forma que eu puder para compensar a falta de hospitalidade de meus vizinhos.

— Belas palavras, meu senhor! — exclamou o viajante, sorrindo. — E, se a verdade deve ser dita, meu companheiro e eu precisamos de sua ajuda para consertar algumas coisas. Aquelas crianças (malcriadas!) atiraram bolas de lama em cima de nós e um dos vira-latas rasgou minha capa que já estava bastante surrada. Mas eu acertei o focinho dele com meu cajado e acho que você deve ter ouvido ele gritar, mesmo de tão longe.

Filemon ficou feliz em vê-lo tão bem-humorado; bem, de fato, vocês nem teriam imaginado, pela aparência e maneiras do viajante, que ele estava cansado de um longo dia de viagem, além de estar desanimado com o tratamento rude ao final dele. Ele estava vestido de uma maneira estranha, com uma espécie de gorro na cabeça, cuja aba se projetava sobre as duas orelhas. Embora fosse uma noite de verão, ele usava uma capa, que mantinha bem fechada, talvez porque suas roupas de baixo estivessem bem surradas. Filemon percebeu também que estava com um par de sapatos bem diferente; mas, como já estava escurecendo e a visão do velho não era das mais aguçadas, ele não sabia exatamente em que consistia a estranheza. Uma coisa, certamente, parecia estranha. O viajante era tão maravilhosamente leve e ativo que parecia que seus pés às vezes se levantavam do chão por conta própria ou que só podiam ser mantidos no chão por meio de um esforço.

— Eu costumava ser ágil na minha juventude — disse Filemon ao viajante. — Mas sempre achei meus pés mais pesados ao anoitecer.

— Não há nada como um bom cajado para ajudar — respondeu o estranho — e acontece que eu tenho um excelente, como o senhor poder ver.

Esse cajado, na verdade, tinha a aparência mais estranha que Filemon já havia visto. Era feito de madeira de oliveira e tinha algo como um pequeno par de asas perto do topo. Duas serpentes, esculpidas na madeira, pareciam se enroscar no cajado, e haviam sido executadas com tanta habilidade que o velho Filemon (cujos olhos, vocês sabem, estavam ficando um pouco turvos) chegou a pensar que estavam vivas e que ele podia vê-las se enroscando e contorcendo.

— Um trabalho curioso, com certeza! — disse ele. — Um cajado com asas! Seria um excelente tipo de bastão para um garotinho montar como se fosse um cavalo!

A essa altura, Filemon e seus dois convidados chegaram à porta da cabana.

— Amigos — disse o velho — sentem-se e descansem aqui neste banco. Minha boa esposa Baucis foi ver o que teremos para o jantar. Somos pobres, mas vocês serão bem-vindos ao que tivermos no armário.

O estranho mais jovem se jogou descuidadamente no banco, deixando seu cajado cair ao fazê-lo. E aqui aconteceu algo bastante maravilhoso, embora bastante insignificante, também. O cajado parecia se levantar do chão por conta própria e, abrindo seu pequeno par de asas, meio que pulou, meio que voou e encostou-se na parede da cabana. Lá ficou imóvel, exceto que as cobras continuavam a se contorcer. Mas, em minha opinião particular, a visão do velho Filemon estava lhe pregando peças novamente.

Antes que ele pudesse fazer qualquer pergunta, o estranho mais velho chamou sua atenção do cajado maravilhoso, falando com ele.

— Não havia — perguntou o estranho, em um tom de voz notavelmente profundo —um lago, em tempos muito antigos, cobrindo o local onde agora fica aquela vila?

— Não na minha época, amigo — respondeu Filemon — e, no entanto, sou um homem velho, como você pode ver. Aqui sempre houve os campos e prados, exatamente como são agora, e as árvores velhas, e o pequeno riacho murmurando no meio do vale. Nem meu pai, nem o pai dele jamais o viram de outra forma, até onde sei; e sem dúvida ainda será o mesmo, quando o velho Filemon partir e for esquecido!

— Isso é mais do que pode ser previsto com segurança — observou o estranho; e havia algo muito severo em sua voz profunda. Ele balançou a cabeça também, de modo que seus cachos escuros e pesados foram sacudidos com o movimento. — Já que os habitantes daquela vila esqueceram as afeições e simpatias de sua natureza, seria melhor que o lago voltasse a ondular sobre suas habitações!

O viajante parecia tão severo que Filemon ficou meio assustado; ainda mais porque, em sua testa franzida, o crepúsculo de repente pareceu ficar mais escuro, e que, quando ele balançou a cabeça, houve um estrondo como um trovão no ar.

Mas, um momento depois, o rosto do estranho tornou-se tão gentil e suave que o velho esqueceu completamente seu terror. No entanto, não podia deixar de sentir que esse viajante mais velho não devia ser um personagem comum, embora agora estivesse vestido com tanta humildade e viajasse a pé. Não que Filemon imaginasse que ele fosse um príncipe disfarçado, ou qualquer personagem desse tipo; mas achou que ele era um homem extremamente sábio, que andava pelo mundo com esse traje pobre, desprezando a riqueza e todos os objetos mundanos, e procurando em todos os lugares acrescentar um pouco à sua sabedoria. Essa ideia parecia mais provável porque, quando Filemon ergueu os olhos para o rosto do estranho, ele parecia ver mais pensamentos ali, em um olhar, do que poderia ter estudado em toda a vida.

Enquanto Baucis preparava o jantar, Filemon e os viajantes começaram a ter uma conversa muito agradável. O mais jovem, de fato, era extremamente eloquente e fazia comentários tão perspicazes e espirituosos que o bom velho continuamente ria e o considerava o sujeito mais alegre que ele já tinha visto.

— Por favor, meu jovem amigo — disse ele, enquanto se familiarizavam — como posso chamá-lo?

— Ora, eu sou muito ágil, como o senhor poder ver — respondeu o viajante. — Então, se me chamar de Azougue, o nome se encaixará razoavelmente bem.

— Azougue? Azougue? — repetiu Filemon, olhando para o rosto do viajante, para ver se ele estava zombando dele. — É um nome muito estranho! E seu companheiro ali? Ele também tem um nome tão estranho?

— Você deve pedir ao trovão que lhe conte! — respondeu Azougue, fazendo um olhar misterioso. — Nenhuma outra voz é alta o suficiente.

Essa observação, séria ou em tom de brincadeira, poderia ter levado Filemon a sentir um grande medo do estranho mais velho, se, ao se aventurar a olhá-lo, ele não tivesse visto tanta beneficência em seu rosto. Mas, sem dúvida, aqui estava a maior figura que já havia se sentado tão humildemente ao lado da porta de uma cabana. Quando o estranho conversava, era com gravidade, e de tal maneira que Filemon sentia-se irresistivelmente movido a contar-lhe tudo o que tinha no coração. Este é sempre o sentimento que as pessoas têm quando encontram alguém suficientemente sábio para compreender todo o bem e o mal que há nelas, sem desprezar nem um pouco disso.

Mas Filemon, velho simples e bondoso que era, não tinha muitos segredos para revelar. Ele falou, no entanto, de forma bastante animada, sobre as histórias anteriores de sua vida, ao longo da qual ele nunca esteve a mais de alguns quilômetros daquele mesmo lugar. Sua esposa Baucis e ele moraram na cabana desde a juventude, ganhando o pão com trabalho honesto, sempre pobres, mas felizes. Ele contou a excelente manteiga e queijo que Baucis fazia, e como eram bons os vegetais que ele cultivava em seu jardim. Disse também que, por se amarem tanto, era desejo de ambos que a morte não os separasse, mas que morressem como viveram: juntos.

Enquanto o estranho escutava, um sorriso brilhou em seu semblante e fez sua expressão tão doce quanto grandiosa.

— Você é um bom velho — disse ele a Filemon — e você tem uma boa e velha esposa para ajudá-lo. É adequado que seu desejo seja atendido.

E pareceu a Filemon, naquele momento, que as nuvens do pôr do sol lançavam um clarão brilhante do oeste e acendiam uma luz repentina no céu.

Baucis já havia preparado o jantar e, chegando à porta, começou a se desculpar pela comida simples que era forçada a servir aos convidados.

— Se soubéssemos que vocês viriam — disse ela — meu bom homem e eu teríamos ficado sem comer um pedaço para que não faltasse um jantar melhor para vocês. Mas eu peguei a maior parte do leite de hoje para fazer queijo; e nosso último pão já está meio comido. Ah, meu Deus! Nunca sinto tristeza por ser pobre, a não ser quando um pobre viajante bate à nossa porta.

— Tudo ficará bem, não se preocupe, minha boa dama — respondeu o estranho mais velho, gentilmente. — Uma recepção honesta e calorosa a um hóspede faz milagres com a comida e é capaz de transformar a comida mais comum em néctar e ambrosia.

— Vocês terão boas-vindas — exclamou Baucis — e, também um pouco de mel que por acaso nos resta, além de um cacho de uvas roxas.

— Ora, Mãe Baucis, isso é um banquete! — exclamou Azougue, sorrindo — um banquete absoluto! E você verá com que bravura vou participar dele! Acho que nunca me senti tão faminto em minha vida.

— Misericórdia de nós! — sussurrou Baucis para o marido. — Se o jovem tem um apetite tão terrível, receio que não haverá nem metade de um jantar suficiente!

Em seguida, todos entraram na cabana.

E agora, meus pequenos ouvintes, devo dizer-lhes algo que os fará ficar de olhos arregalados. É realmente uma das circunstâncias mais estranhas em toda a história. O cajado de Azougue, vocês lembram, havia ficado apoiado contra a parede da cabana. Bem, quando seu mestre entrou pela porta, deixando para trás esse maravilhoso cajado, o que ele fez senão abrir imediatamente suas pequenas asas e sair saltitando e esvoaçando pelos degraus da porta! Tac, tac, ia o cajado batendo no chão da cozinha, sem descansar até ficar de pé, com a maior gravidade e decoro, ao lado da cadeira de Azougue. O velho Filemon, no entanto, assim como sua esposa, estavam tão empenhados em servir seus convidados que não notaram o que o cajado estava fazendo.

Como Baucis havia dito, eles teriam apenas um jantar escasso para dois viajantes famintos. No meio da mesa estava o restante de um pão caseiro, com um pedaço de queijo de um lado e um prato de favo de mel do outro. Havia um bom cacho de uvas para cada um dos convidados. Um jarro de barro de tamanho moderado, quase cheio de leite, estava em um canto da mesa. Quando Baucis encheu duas tigelas e as colocou diante dos estranhos, restava apenas um pouco de leite no fundo do jarro. Infelizmente é algo muito triste quando um coração generoso se vê esmagado e oprimido por circunstâncias de escassez. A pobre Baucis continuou desejando que ela pudesse passar fome por uma semana, se fosse possível, para oferecer a esses dois famintos um jantar mais farto.

E, como o jantar era tão pouco, ela não pôde deixar de desejar que seus apetites não fossem tão grandes. Ora, assim que se sentaram, os viajantes beberam todo o leite em suas duas tigelas com um único gole.

— Um pouco mais de leite, gentil Mãe Baucis, por gentileza — disse Azougue. — O dia está quente e estou com muita sede.

— Agora, meus queridos — respondeu Baucis, toda sem jeito — sinto muito e estou envergonhada! Mas a verdade é que quase não há mais uma gota de leite no jarro. Ah meu querido marido! Por que não ficamos nós sem o nosso jantar?

— Ora, parece-me — exclamou Azougue, levantando-se da mesa e pegando o jarro pela alça — realmente me parece que as coisas não estão tão ruins quanto a senhora diz. Com certeza há mais leite no jarro.

Assim dizendo, e para grande espanto de Baucis, ele começou a encher, não apenas sua tigela, mas também a de seu companheiro, com o jarro que deveria estar quase vazio. A boa mulher mal podia acreditar no que via. Ela certamente colocou na tigela deles quase todo o leite, e depois espiou e viu o fundo do jarro, quando o colocou sobre a mesa.

— Mas eu estou velha — pensou Baucis consigo mesma — e provavelmente esquecida. Acho que devo ter cometido um erro. De qualquer forma, o jarro deve estar vazio agora, depois de encher as tigelas duas vezes.

— Que leite excelente! — observou Azougue, depois de beber o conteúdo da segunda tigela. — Desculpe-me, minha amável anfitriã, mas realmente preciso lhe pedir um pouco mais.

Agora Baucis tinha visto, tão claramente quanto ela podia ver qualquer coisa, que Azougue tinha virado o jarro de cabeça para baixo e, consequentemente, derramou cada gota de leite, enchendo a última tigela. É claro que não poderia ter sobrado nada. No entanto, para que ele soubesse exatamente como estava a situação, ela levantou o jarro e fez um gesto como se estivesse despejando leite na tigela de Azougue, mas sem a mais remota ideia de que pudesse sair algum leite dali. Qual foi sua surpresa, portanto, quando uma cascata tão abundante caiu borbulhando na tigela, que imediatamente se encheu até a borda e transbordou sobre a mesa! As duas cobras que estavam enroladas no cajado de Azougue (mas nem Baucis nem Filemon observaram essa circunstância) esticaram suas cabeças e começaram a lamber o leite derramado. E a fragrância do leite era deliciosa! Parecia que a única vaca de Filemon havia pastado, naquele dia, na pastagem mais rica que poderia ser encontrada em qualquer lugar do mundo. Apenas desejo que cada uma de vocês, minhas amadas alminhas, possam ter uma tigela de leite tão maravilhosa na hora do jantar!

— E agora uma fatia do seu pão caseiro, Mãe Baucis — disse Azougue — e um pouco desse mel!

Baucis cortou uma fatia para ele e embora o pão, quando ela e o marido o comeram, estivesse seco e duro demais para ser saboroso, agora estava tão leve e úmido como se tivesse saído do forno há poucas horas. Provando uma migalha que caíra sobre a mesa, achou-a mais deliciosa do que o pão jamais fora, e mal podia acreditar que era um pão que ela mesma havia amassado e assado. No entanto, que outro pão poderia ser?

Mas ainda temos o mel! Eu poderia muito bem deixá-lo para lá, sem tentar descrever como seu aroma era delicioso e sua aparência muito bela. Sua cor era a do ouro mais puro e transparente; e tinha o cheiro de mil flores; mas de flores que nunca cresceram em um jardim terrestre, e para buscá-las as abelhas devem ter voado bem acima das nuvens. A maravilha é que, depois de pousar em um canteiro de flores com uma fragrância tão deliciosa e de beleza imortal, elas ficaram satisfeitas em voar novamente para sua colmeia no jardim de Filemon. Nunca um mel assim havia sido provado, visto ou cheirado. O perfume flutuava pela cozinha e a tornava tão deliciosa que, se vocês fechassem os olhos, teriam esquecido instantaneamente o teto baixo e as paredes enfumaçadas e se imaginariam em um caramanchão, com madressilvas celestiais se espalhando sobre ele.

Embora a boa Mãe Baucis fosse uma simples e velha dama, ela não podia deixar de pensar que havia algo bastante fora do comum em tudo o que estava acontecendo. Então, depois de servir pão e mel aos convidados e colocar um cacho de uvas em cada um de seus pratos, ela sentou-se ao lado de Filemon e contou-lhe o que tinha visto, em um sussurro.

— Você já viu algo parecido? — perguntou ela.

— Não, nunca vi — respondeu Filemon, com um sorriso. — E eu prefiro pensar, minha querida e velha esposa, que você estava vivendo uma espécie de sonho. Se eu tivesse colocado o leite na tigela deles, eu teria entendido tudo. Havia um pouco mais de leite no jarro do que você pensava. Foi isso que aconteceu.

— Ah, querido — disse Baucis — diga o que quiser, mas essas pessoas são muito incomuns.

— Bem, bem — respondeu Filemon, ainda sorrindo — talvez sejam mesmo. Eles certamente parecem ter visto dias melhores; e estou muito feliz em ver que o jantar deles está agradável.

Cada um dos convidados tinha agora colocado seu cacho de uvas no prato. Baucis (que esfregou os olhos para ver melhor) era de opinião que os cachos tinham crescido e se tornado mais suculentos, e que cada uva separada parecia estar a ponto de estourar com um suco delicioso. Era inteiramente um mistério para ela como tais uvas poderiam ter sido produzidas na velha videira atrofiada que subia pela parede da casa.

— Uvas muito admiráveis estas! — observou Azougue, enquanto engolia uma após a outra, aparentemente sem diminuir seu cacho. — Puxa, meu bom anfitrião, de onde você as recolheu?

— Da minha própria videira — respondeu Filemon. — Você pode ver um de seus galhos através da janela, bem ali. Mas minha esposa e eu nunca achamos que as uvas fossem tão boas.

— Eu nunca provei melhor — disse o convidado. — Outra xícara deste leite delicioso, por favor, e então terei jantado melhor do que um príncipe.

Desta vez, o velho Filemon apressou-se e pegou o jarro, pois estava curioso para descobrir se havia alguma realidade nas maravilhas que Baucis lhe sussurrara. Ele sabia que sua boa e velha esposa era incapaz de falsidade e que raramente se enganava sobre o que supunha ser verdade, mas este era um caso tão singular, que ele queria ver com seus olhos. Ao pegar o jarro, portanto, ele espiou astutamente para dentro e ficou totalmente satisfeito de que não continha nem uma única gota. De repente, porém, ele viu uma pequena fonte branca, que jorrava do fundo do jarro, e rapidamente o encheu até a borda com leite espumante e deliciosamente perfumado. Foi por sorte que Filemon, ao ficar surpreso, não deixou cair o jarro milagroso de sua mão.

— Quem são vocês, estranhos que fazem maravilhas? — gritou ele, ainda mais confuso do que sua esposa.

— Seus convidados, meu bom Filemon, e seus amigos — respondeu o viajante mais velho, com sua voz suave e profunda, que tinha algo ao mesmo tempo doce e inspirador. — Dê-me também uma xícara de leite e que seu jarro nunca fique vazio para a gentil Baucis e para você, assim como para os viajantes necessitados!

Terminada a ceia, os estranhos pediram para serem levados ao seu local de repouso. Os dois velhinhos de bom grado teriam conversado com eles um pouco mais, e expressado a admiração que sentiam, e sua alegria ao perceber que a pobre e modesta janta provou ser muito melhor e mais abundante do que esperavam. Mas o viajante mais velho os inspirou com tanta reverência, que eles não ousaram fazer perguntas a ele. E quando Filemon puxou Azougue para o lado e perguntou como, nesta terra, uma fonte de leite poderia ter entrado em um velho jarro de barro, este último personagem apontou para seu cajado.

— Ali está todo o mistério do caso — disse Azougue — e se você conseguir entender, eu agradeço por me contar. Não sei o que fazer com meu cajado. Ele está sempre fazendo truques tão estranhos como esse; às vezes me dando um jantar e, outras tantas vezes, roubando-o. Se eu tivesse fé em tal absurdo, eu diria que o cajado está enfeitiçado!

Ele não disse mais nada, mas olhou tão dissimuladamente para os rostos dos dois velhos, que eles imaginaram que ele estava rindo deles. O cajado mágico foi pulando em seus calcanhares quando Azougue saiu da sala. Quando ficaram sozinhos, o bom e velho casal passou algum tempo conversando sobre os acontecimentos da noite, e depois deitaram-se no chão e adormeceram rapidamente. Eles haviam cedido seu quarto de dormir aos convidados e não tinham outra cama para eles, a não ser algumas tábuas, que eu gostaria que fossem tão macias quanto seus corações.

O velho e sua esposa estavam de pé logo cedo, e os estranhos também se levantaram com o sol e fizeram seus preparativos para partir. Filemon hospitaleiramente pediu-lhes que permanecessem um pouco mais, até que Baucis pudesse ordenhar a vaca, assar um bolo na lareira e, talvez, encontrar alguns ovos frescos para o café da manhã. Os hóspedes, porém, pareciam achar melhor realizar boa parte da viagem antes que o calor do dia chegasse. Então, eles insistiram em partir imediatamente, mas pediram a Filemon e Baucis que caminhassem com eles por uma curta distância e lhes mostrassem o caminho que deveriam tomar.

Assim, todos os quatro saíram da cabana, conversando como velhos amigos. Era realmente notável, de fato, como o velho casal inconscientemente se familiarizou com o viajante mais velho, e como seus sentimentos bons e simples se fundiram com os dele, assim como duas gotas de água se misturam no oceano ilimitado. E quanto a Azougue, com sua inteligência aguda, rápida e risonha, parecia descobrir cada pequeno pensamento que surgia em suas mentes, antes que eles mesmos suspeitassem. Eles às vezes desejavam, é verdade, que ele não fosse tão perspicaz, e também que ele jogasse fora seu cajado, que parecia tão misteriosamente maquiavélico, com as cobras sempre se contorcendo em torno dele. Mas então, novamente, Azougue mostrou-se tão bem-humorado que eles teriam ficado felizes em mantê-lo em sua cabana, com cajados, cobras e tudo mais, todos os dias, o dia inteiro.

— Puxa vida! Que pena! — exclamou Filemon, quando eles haviam se afastado um pouco da porta. — Se nossos vizinhos soubessem que coisa abençoada é mostrar hospitalidade a estranhos, eles amarrariam todos os seus cães e nunca permitiriam que seus filhos atirassem pedras.

— É um pecado e uma vergonha que eles se comportem assim... essa é a verdade! — exclamou a boa e velha Baucis, com veemência. — E eu pretendo ir hoje mesmo dizer a alguns deles que são pessoas muito perversas!

— Temo — comentou Azougue, sorrindo de modo maroto — que a senhora não encontrará nenhum deles em casa.

A testa do viajante mais velho, naquele momento, assumiu uma dignidade tão grave, severa e terrível, mas serena ao mesmo tempo, que nem Baucis nem Filemon ousaram dizer uma palavra. Eles olharam reverentemente para o rosto dele, como se estivessem olhando para o céu.

— Quando os homens não tratam o mais humilde estranho como se ele fosse um irmão — disse o viajante, em tons tão profundos que soavam como os sons emitidos por um órgão — eles são indignos de existir na Terra, que foi criada como morada de uma grande fraternidade humana!

— E, a propósito, meus queridos velhinhos — exclamou Azougue, com o olhar animado, cheio de diversão e travessura em seus olhos — onde é mesmo essa vila de que vocês falam? Olhando daqui, de que lado ela fica? Não a vejo por perto.

Filemon e a mulher voltaram-se para o vale, onde, ao pôr do sol, ainda no dia anterior, tinham visto os prados, as casas, os jardins, os arvoredos, a rua larga de margens verdes, com crianças brincando nela, e todos os sinais de negócios, prazer e prosperidade. Mas qual foi o espanto deles! Não havia mais nenhum sinal da vila! Mesmo o vale fértil, que fica ali também, havia deixado de existir. Em seu lugar, eles avistaram a ampla superfície azul de um lago, que enchia a grande bacia do vale de ponta a ponta, e refletia as colinas ao redor com uma imagem tão tranquila como se estivesse lá desde a criação do mundo. Por um instante, o lago permaneceu perfeitamente sem movimento. Então, uma pequena brisa surgiu e fez com que a água dançasse, brilhasse e cintilasse nos primeiros raios de sol, e se precipitasse, com um agradável murmúrio de ondas, contra a margem.

O lago parecia tão estranhamente familiar, que o velho casal ficou muito perplexo, e sentiu como se estivessem sonhando com uma vila que ficava ali. Mas, no momento seguinte, eles se lembraram das habitações desaparecidas e dos rostos e da figura dos habitantes, muito distintamente para ser um sonho. A vila estava lá ontem, e agora se foi!

— Ai! — exclamaram os dois velhinhos de bom coração — o que aconteceu com nossos pobres vizinhos?

— Eles não existem mais como homens e mulheres — disse o viajante mais velho, em sua voz grande e profunda, enquanto um trovão parecia ecoar à distância. — Não havia utilidade nem beleza em uma vida como a deles, pois eles nunca suavizaram ou adoçaram a dura sorte da mortalidade através do exercício de atitudes bondosas entre as pessoas. Eles não conservavam em seu coração nenhuma imagem de uma vida melhor; portanto, o lago, que existia nos tempos antigos, se estendeu novamente, para refletir o céu!

— E quanto àquelas pessoas tolas — disse Azougue, com seu sorriso travesso — todas elas foram transformadas em peixes. Não foi preciso muita mudança, pois eles já eram um conjunto escamoso de patifes, e os seres de sangue mais frio que existem. Então, bondosa Mãe Baucis, sempre que você ou seu marido tiverem vontade de comer uma truta grelhada, ele pode jogar uma linha e pescar meia dúzia de seus antigos vizinhos!

— Ah — gritou Baucis, estremecendo — por nada nesse mundo, eu colocaria um deles na grelha!

— Não — acrescentou Filemon, fazendo uma careta — nunca poderíamos saboreá-los!

— Quanto a você, bom Filemon — continuou o viajante mais velho — e você, bondosa Baucis, vocês, com seus meios escassos, misturaram tanta hospitalidade sincera com seu acolhimento do estranho desabrigado, que o leite se tornou uma fonte inesgotável de néctar, e o pão caseiro e o mel se transformaram em ambrosia. Assim, as divindades se banquetearam, à sua mesa, com as mesmas iguarias que são servidas em seus banquetes no Olimpo. Vocês fizeram bem, meus queridos velhos amigos. Portanto, façam qualquer pedido que vocês tenham guardado em seus corações, e ele será concedido.

Filemon e Baucis se entreolharam, e então... não sei qual dos dois falou, mas aquele que o fez expressou o desejo de ambos.

— Permita que vivamos juntos, enquanto vivemos, e deixemos o mundo no mesmo instante, quando morrermos! Pois sempre nos amamos!

— Que assim seja! — respondeu o estranho, com majestosa bondade. — Agora, olhem para sua casa!

Eles fizeram isso. Mas qual foi a surpresa deles ao verem um alto edifício de mármore branco, com um enorme portão aberto, ocupando o local onde sua humilde residência ficava até alguns momentos antes!

— Aí está a sua casa — disse o estranho, sorrindo com benevolência para os dois. — Exercitem sua hospitalidade naquele palácio tão generosamente quanto na pobre cabana onde vocês nos receberam ontem à noite.

Os velhos ajoelharam-se para agradecer, mas... vejam só!... nem ele nem Azougue estavam lá.

Assim, Filemon e Baucis foram morar no palácio de mármore e passavam seu tempo, com grande satisfação para si mesmos, deixando todos que por ali passassem alegres e confortáveis. O jarro de leite, não devo esquecer de dizer, manteve sua maravilhosa qualidade de nunca estar vazio, quando era desejável tê-lo cheio. Sempre que um hóspede honesto, bem-humorado e de coração aberto tomava um gole desse jarro, invariavelmente achava o fluido mais doce e revigorante que já havia descido por sua garganta. Mas, se um sujeito rabugento, ranzinza e desagradável tomasse um gole, ele certamente faria uma careta feia e diria que era um jarro de leite azedo!

Assim, o casal de velhinhos viveu em seu palácio por muito, muito tempo, e foi ficando cada vez mais velho, e muito mais velho. Por fim, porém, chegou uma manhã de verão em que Filemon e Baucis não apareceram, como nas outras manhãs, com um sorriso hospitaleiro em seus dois rostos agradáveis, para convidar os hóspedes da noite para o café da manhã. Os hóspedes procuraram em todos os lugares, de cima a baixo do espaçoso palácio, mas não acharam nenhum dos dois. Mas, depois de muita perplexidade, eles avistaram, em frente ao portão, duas árvores veneráveis, que ninguém se lembrava de ter visto ali no dia anterior. No entanto, lá estavam elas, com suas raízes fincadas profundamente no solo, e uma enorme folhagem cobrindo toda a frente do edifício. Um era um carvalho e o outro uma tília. Seus galhos, algo estranho e bonito de se ver, estavam entrelaçados e se abraçavam, de modo que cada árvore parecia viver no coração da outra muito mais do que no seu.

Enquanto os convidados se maravilhavam de como aquelas árvores, que deviam ter demorado pelo menos um século para crescer, podiam se tornar tão altas e veneráveis em uma única noite, uma brisa soprou e fez seus galhos entrelaçados se agitarem. E então houve um murmúrio profundo e amplo no ar, como se as duas árvores misteriosas estivessem falando.

— Eu sou o velho Filemon! — murmurou o carvalho.

— Eu sou a velha Baucis! — murmurou a tília.

Mas, quando a brisa ficou mais forte, as árvores falavam juntas: — Filemon! Baucis! Baucis! Filemon! — como se uma fosse ambas e ambas fossem uma, conversando juntas nas profundezas de seu coração mútuo. Era bastante claro que o bom e velho casal havia renovado sua idade, e agora iria passar uns cem anos tranquilos e deliciosos, Filemon como um carvalho e Baucis como uma tília. Imaginem só que sombra hospitaleira lançaram ao redor de si. Sempre que um viajante parava embaixo das árvores, ele ouvia um sussurro agradável das folhas acima de sua cabeça e se perguntava como o som poderia ser tão parecido com palavras como estas:

— Bem-vindo, bem-vindo, querido viajante, bem-vindo!

E uma alma bondosa, que sabia o que mais agradaria à velha Baucis e ao velho Filemon, construiu um assento circular em volta dos troncos, onde, por muito tempo depois, os cansados, os famintos e os sedentos costumavam descansar e beber o leite abundante do jarro milagroso.

E eu gostaria, pelo bem de todos nós, que tivéssemos o jarro aqui agora!

ENCOSTA DA COLINA
Depois da história

— QUANTO LEITE CABIA DENTRO DO JARRO? — perguntou Samambaia.

— Não cabia nem um litro — respondeu o estudante — mas você poderia continuar derramando leite dele até encher um barril, se quisesse. A verdade é que ele continuaria fluindo para sempre, e não estaria seco nem no meio do verão... o que é mais do que se pode dizer daquele riacho ali, que vai murmurando ladeira abaixo.

— E o que aconteceu com o jarro? — perguntou o garotinho.

— Foi quebrado, lamento dizer, cerca de 25 mil anos atrás — respondeu o primo Eustáquio. — As pessoas o consertaram o melhor que puderam, mas, embora pudesse manter o leite muito bem, nunca mais se soube que se encheu por conta própria. Então, vocês já perceberam que não era melhor do que qualquer outro jarro de barro rachado.

— Que pena! — disseram todas as crianças ao mesmo tempo.

O respeitável cachorro Ben acompanhava o grupo, assim como um filhote de Terra Nova, que atendia pelo nome de Ursinho, porque ele era tão preto quanto um urso. Ben, sendo mais velho e de hábitos muito cautelosos, foi respeitosamente colocado pelo primo Eustáquio para trás com as quatro crianças pequenas, a fim de mantê-las longe de encrencas. Quanto a Ursinho, que não passava de uma criança, o estudante achou melhor levá-lo no colo porque suas brincadeiras grosseiras com as outras crianças poderiam fazê-las tropeçar e rolar e cair morro abaixo. Aconselhando Primavera, Samambaia, Dente-de-leão e Flor de Abóbora a ficarem sentados bem quietos, no local onde os deixou, o estudante, com Prímula e as crianças mais velhas, começou a subir, e logo sumiram de vista entre as árvores.

A QUIMERA

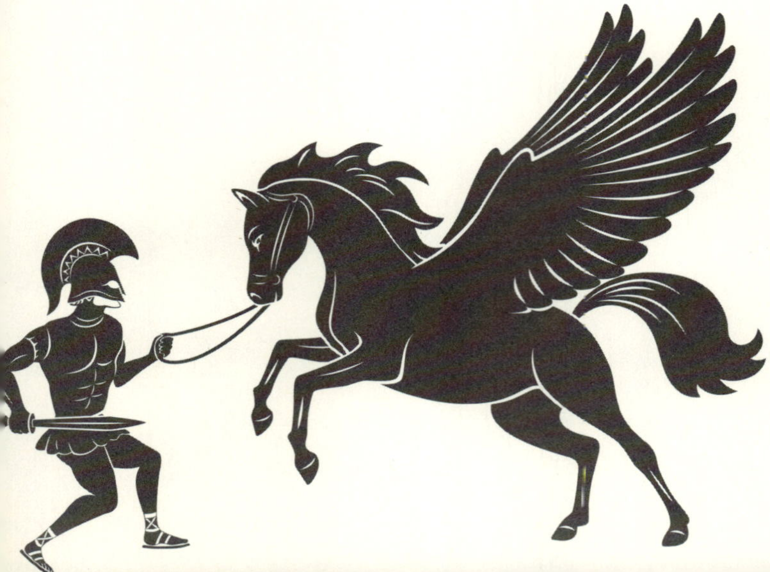

Nathaniel Hawthorne

NO TOPO DA MONTANHA
Introdução a *A Quimera*

AO LONGO DA ENCOSTA ÍNGREME E ARBORIZADA, Eustáquio Bright e seus companheiros continuaram a subir. As árvores ainda não estavam cheias de folhas, mas haviam brotado o suficiente para projetar uma sombra arejada, enquanto o sol as enchia de luz verde. Havia pedras cobertas de musgo, meio escondidas entre as folhas velhas, marrons e caídas; havia troncos podres de árvores estendidas no chão, onde haviam caído há muito tempo; havia galhos apodrecidos, derrubados pelos vendavais de inverno, e espalhados por toda parte. Mas ainda assim, embora essas coisas parecessem tão envelhecidas, o aspecto da madeira era de vida nova, pois, para onde quer que se virasse os olhos, algo fresco e verde estava brotando, como se estivesse se preparando para o verão.

Por fim, os jovens chegaram à parte superior da floresta e se encontraram quase no topo da colina. Não era um pico, nem uma grande bola redonda, mas uma planície bastante ampla, ou planalto, com uma casa e um celeiro em cima dela, a alguma distância. Aquela casa era o lar de uma família solitária e muitas vezes as nuvens, de onde caía a chuva, e de onde a tempestade de neve descia para o vale, pendiam mais abaixo do que essa morada sombria e solitária.

No ponto mais alto da colina havia um monte de pedras, no centro do qual estava enfiado um longo mastro, com uma pequena bandeira tremulando na ponta. Eustáquio levou as crianças até lá e mandou que olhassem em volta e vissem quão grande era a extensão do nosso belo mundo que eles podiam ver de relance. E seus olhos se arregalaram enquanto olhavam.

A Montanha Monumento, ao sul, ainda estava no centro da cena, mas parecia ter afundado e ficado menor, de modo que agora era apenas um membro indistinto de uma grande família de colinas. Além dela, as montanhas Tacônicas pareciam mais altas e mais volumosas do que antes. Nosso lindo lago podia ser visto, com todas as suas pequenas baías e enseadas; e não só isso, mas dois ou três novos lagos estavam abrindo seus olhos azuis para o sol. Várias aldeias brancas, cada uma com seu campanário, espalhavam-se ao longe. Havia tantas casas de fazenda, com seus acres de floresta, pastagens, campos de colheita e lavoura, que as crianças mal conseguiam abrir espaço em suas mentes para receber todos esses diferentes objetos. Ali também estava Tanglewood, que até então elas consideravam um lugar importantíssimo para o mundo. Agora ocupava um espaço tão pequeno, que elas olhavam muito além dela, de ambos os lados, e procuravam um bom tempo com os olhos de todos, antes de descobrir onde estava.

Nuvens brancas e felpudas pairavam no ar e lançavam as manchas escuras de sua sombra aqui e ali sobre a paisagem. Mas, aos poucos, a luz do sol estava onde a sombra estivera, e a sombra estava em outro lugar.

Longe, a oeste, havia uma cadeia de montanhas azuis, que Eustáquio Bright disse às crianças que eram as Catskills. Entre aquelas colinas enevoadas, disse ele, havia um local onde alguns velhos holandeses jogavam um jogo eterno de nove pinos, e onde um sujeito ocioso, chamado Rip Van Winkle, havia adormecido e dormido vinte anos em uma única soneca. As crianças imploraram ansiosamente a Eustáquio que lhes contasse tudo sobre esse fantástico caso. Mas o estudante respondeu que a história já havia sido contada uma vez, e de uma forma melhor do que poderia ser novamente, e que ninguém teria o direito de alterar uma palavra dela, até que ficasse tão antiga quanto "A Cabeça da Górgona", "As Três Maçãs de Ouro" e o restante dessas lendas milagrosas.

— Pelo menos — disse Pervinca — enquanto descansamos aqui e olhamos ao nosso redor, você pode nos contar outra de suas histórias.

— Sim, primo Eustáquio — exclamou Primavera — minha sugestão é que você nos conte uma história aqui. Escolha algum assunto nobre ou outro, e veja como sua imaginação reage a ele. Talvez o ar da montanha possa deixá-lo poético, para variar. E não importa quão estranha e maravilhosa a história possa ser, agora que estamos entre as nuvens, podemos acreditar em qualquer coisa.

— Vocês acreditam — perguntou Eustáquio — que já existiu um cavalo alado?

— Sim — disse a atrevida Prímula — mas receio que você jamais seria capaz de capturá-lo.

— Por falar nisso, Prímula — respondeu o estudante — eu poderia capturar Pégaso e subir nas costas dele também, assim como uma dúzia de outros companheiros que eu conheço. De qualquer forma, aqui está uma história sobre ele; e, de todos os lugares do mundo, certamente ela deve ser contada no topo de uma montanha.

Assim, sentado na pilha de pedras, enquanto as crianças se aglomeravam a seus pés, Eustáquio fixou os olhos em uma nuvem branca que passava e começou dizendo assim:

A QUIMERA

Certa vez, nos velhos, velhos tempos (pois todas as coisas estranhas sobre as quais lhes contei aconteceram muito antes que alguém possa se lembrar), havia uma fonte que jorrava de uma colina, na maravilhosa terra da Grécia. E, pelo que sei, depois de tantos milhares de anos, ainda está jorrando do mesmo lugar. De qualquer forma, havia uma fonte agradável da qual brotava água fresca e brilhante que descia pela encosta da colina, ao pôr do sol dourado, quando um belo jovem chamado Belerofonte se aproximou de sua margem. Em sua mão ele segurava uma rédea, cravejada de pedras brilhantes e enfeitada com um bridão de ouro. Vendo um velho, outro senhor de meia-idade e um menino, todos perto da fonte, e também uma donzela, que estava retirando um pouco da água em um jarro, ele parou e implorou para se refrescar com um gole.

— Esta é uma água muito deliciosa — disse ele à donzela enquanto lavava e enchia o jarro, depois de beber dele. — Você faria a gentileza de me dizer se a fonte tem algum nome?

— Sim, chama-se Fonte de Pirene — respondeu a donzela e então acrescentou: — Minha avó me disse que esta fonte límpida já foi uma linda mulher e quando seu filho foi morto pelas flechas da caçadora Diana, ela se derreteu em lágrimas. E assim a água, que você encontra tão fresca e doce, é a dor do coração daquela pobre mãe!

— Eu jamais sonharia — observou o jovem estranho — que uma fonte tão límpida, com seu jorro e gorgolejo, e sua dança alegre da sombra à luz do sol, tivesse uma gota de lágrima em seu seio!

E esta, então, é Pirene? Agradeço-lhe, linda donzela, por me dizer seu nome. Vim de um país distante para encontrar este lugar.

Um camponês de meia-idade (ele havia levado sua vaca para beber na fonte) olhou fixamente para o jovem Belerofonte e para a bela rédea que ele carregava na mão.

— Os cursos d'água devem estar ficando baixos, amigo, na parte do mundo de onde você vem — observou ele — se você veio de tão longe apenas para encontrar a Fonte de Pirene. Mas, me diga uma coisa, você perdeu um cavalo? Está levando a rédea na mão e é muito bonita com essa dupla fileira de pedras brilhantes. Se o cavalo era tão bom quanto a rédea, você deve ter lamentado muito tê-lo perdido.

— Não perdi nenhum cavalo — disse Belerofonte, com um sorriso. — Mas acontece que estou procurando um muito famoso, que, como algumas pessoas sábias me informaram, deve ser encontrado por aqui, se é que ele está em algum lugar. Você sabe se o cavalo alado Pégaso ainda assombra a Fonte de Pirene, como costumava fazer nos dias de seus antepassados?

Mas, então, o camponês começou a sorrir.

Alguns de vocês, meus amiguinhos, provavelmente já ouviram falar que este Pégaso era um corcel branco como a neve, com belas asas prateadas, que passava a maior parte do tempo no cume do Monte Hélicon. Ele era tão selvagem, rápido e leve em seu voo pelo ar quanto qualquer águia que já voou nas nuvens. Não havia nada como ele no mundo. Ele não tinha uma parceira. Nunca foi domado ou montado por um mestre; e, por muitos e longos anos, levava uma vida solitária e feliz.

Ah, como é bom ser um cavalo alado! Dormindo à noite, como ele fazia, no alto de uma montanha, e passando a maior parte do dia no ar, Pégaso não parecia ser uma criatura da terra. Sempre que ele era visto, muito acima da cabeça das pessoas, com o sol em suas asas prateadas, pensavam que ele pertencia ao céu, e que, deslizando um pouco baixo demais, estava perdido entre nossas brumas e vapores, procurando seu caminho de volta. Era muito lindo vê-lo mergulhar no meio de uma nuvem macia e brilhante, e se perder nela, por um momento ou dois, e depois irromper do outro lado. Ou, em uma tempestade sombria, quando havia um pavimento cinzento de nuvens sobre todo o céu, às vezes acontecia que o cavalo alado descia e a luz alegre da região superior brilhava atrás dele. Em outro instante, é verdade, tanto Pégaso quanto a luz agradável desapareceriam juntos. Mas qualquer um que teve a sorte de ver esse espetáculo maravilhoso sentia-se alegre o resto do dia e por tanto tempo quanto durasse a tempestade.

No verão, e nos dias de clima mais bonito, Pégaso muitas vezes pousava na terra sólida e, fechando suas asas prateadas, galopava sobre colinas e vales por passatempo, tão veloz quanto o vento. Ele era visto perto da Fonte de Pirene com mais frequência do que em qualquer outro lugar, bebendo a deliciosa água, ou rolando na grama macia da margem. Às vezes também (mas Pégaso era muito refinado quanto à sua comida), ele colhia algumas das flores de trevo que por acaso eram mais doces.

Portanto, os bisavôs das pessoas costumavam ir à Fonte de Pirene (enquanto eram jovens e mantinham a fé nos cavalos alados), na esperança de vislumbrar o belo Pégaso. Mas, nos últimos anos, ele raramente era visto. De fato, havia muitas pessoas do campo, morando a meia hora de caminhada da fonte, que nunca tinham visto Pégaso e não acreditavam que tal criatura existisse. O camponês com quem Belerofonte estava falando parecia ser uma dessas pessoas incrédulas.

E foi por isso que ele riu.

— Pégaso, de fato! — exclamou ele, erguendo o nariz tão alto quanto um nariz tão chato poderia ser levantado — Pégaso, de fato! Um cavalo alado, de verdade! Ora, meu amigo, você está em seu juízo perfeito? De que serviriam asas para um cavalo? Ele poderia puxar bem o arado, você acha? Com certeza, poderia haver uma pequena economia na despesa com as ferraduras; mas então, será que um homem gostaria de ver seu cavalo voando pela janela do estábulo?... sim, ou levá-lo acima das nuvens, quando ele só queria cavalgar para o moinho? Não, não! Eu não acredito em Pégaso. Nunca houve um tipo de cavalo-ave tão ridículo!

— Tenho alguns motivos para pensar o contrário — disse Belerofonte calmamente.

E então ele se virou para um homem velho e grisalho, que estava apoiado em um cajado, e escutava com muita atenção, com a cabeça esticada para a frente e uma mão no ouvido, porque, nos últimos vinte anos, ele estava ficando cada vez mais surdo.

— E o que você diz, venerável senhor? — perguntou ele. — Em seus dias de juventude, imagino, você deve ter visto frequentemente o corcel alado!

— Ah, jovem estranho, minha memória é muito ruim! — disse o velho. — Quando eu era menino, se bem me lembro, costumava acreditar que havia um cavalo assim, e todo mundo também. Mas, hoje em dia, mal sei o que pensar e muito raramente penso no cavalo alado. Se alguma vez vi a criatura, foi há muito, muito tempo, e, para dizer a verdade, duvido que o tenha visto. Um dia, com certeza, quando eu era bem jovem, lembro de ter visto algumas pegadas ao redor da beira da fonte. Pégaso pode ter feito essas marcas com o casco, assim como algum outro cavalo.

— E você nunca o viu, minha bela donzela? — perguntou Belerofonte à menina, que estava com o jarro na cabeça, enquanto a conversa prosseguia. — Você certamente poderia ver Pégaso, se é que alguém pode, pois seus olhos são muito brilhantes.

— Uma vez eu pensei tê-lo visto — respondeu a donzela, com um sorriso e um rubor. — Ou era Pégaso ou um grande pássaro branco, muito alto no ar. E uma outra vez, quando eu estava chegando à fonte com meu jarro, ouvi um relincho. Nossa!!! Um relincho tão vívido e melodioso! Meu coração saltou de alegria com o som. Mas ele me assustou e, então, eu saí correndo para casa sem encher meu jarro.

— Isso foi realmente uma pena! — disse Belerofonte.

E voltou-se para a criança, que mencionei no início da história, e que olhava para ele, como as crianças costumam olhar para estranhos, com a boca rosada bem aberta.

— Bem, meu pequeno companheiro — exclamou Belerofonte, brincando de puxar um de seus cachos. — Suponho que você veja o cavalo alado com frequência.

— Vejo sim — respondeu a criança, muito prontamente. — Eu o vi ontem, e muitas vezes antes.

— Você é um bom rapazinho! — disse Belerofonte, trazendo a criança para mais perto dele. — Venha, conte-me tudo sobre isso.

— Ora — respondeu a criança — muitas vezes venho aqui para colocar os barquinhos para velejar na fonte e pegar belas pedras de seu tanque. E às vezes, quando olho para a água, vejo a imagem do cavalo alado, na imagem do céu que está lá. Eu gostaria que ele descesse, e me levasse nas costas, e me deixasse montá-lo para ir até a lua! Mas, se eu me virar para olhar para ele, ele voa para longe da vista.

E Belerofonte depositou sua fé na criança, que vira a imagem de Pégaso na água, e na donzela, que o ouvira relinchar tão melodiosamente, e não no tolo de meia-idade, que só acreditava em cavalos de carroça, nem no velho que havia esquecido as belas coisas de sua juventude.

Portanto, ele ficou rondando a Fonte de Pirene por muitos dias depois. Mantinha-se continuamente vigilante, olhando para o céu acima, ou para a água, abaixo, esperando sempre ver a imagem refletida do cavalo alado ou a maravilhosa realidade. Ele segurava a rédea, com suas pedras brilhantes e o bridão de ouro, sempre pronto em sua mão. Os camponeses, que moravam na vizinhança e levavam o gado até a fonte para beber água, muitas vezes riam do pobre Belerofonte, e às vezes o repreendiam com bastante severidade. Diziam-lhe que um jovem vigoroso, como ele, deveria ter algo melhor para fazer do que perder seu tempo com uma atividade tão inútil. Eles se ofereciam para lhe vender um cavalo, se ele quisesse; e quando Belerofonte recusava a compra, eles tentavam negociar a compra daquela linda rédea que ele tinha.

Até os meninos do campo o achavam tão tolo que costumavam fazer brincadeiras rudes sem dar a mínima atenção a ele, embora Belerofonte estivesse ouvindo e vendo tudo. Um dos moleques, por exemplo, fingia ser Pégaso e fazia movimentos estranhos como se estivesse voando enquanto um de seus colegas de escola galopava atrás dele, segurando uma torção de juncos, que pretendia representar a rédea ornamental de Belerofonte. Mas a criança gentil, que tinha visto a imagem de Pégaso na água, consolava o jovem estranho mais do que todos os meninos travessos poderiam atormentá-lo. O querido companheiro, em suas horas de brincadeira, muitas vezes sentava-se ao lado dele e, sem dizer uma palavra, olhava para a fonte e para o céu, com uma fé tão inocente que Belerofonte não podia deixar de se sentir encorajado.

Agora vocês talvez queiram saber por que Belerofonte havia se comprometido em pegar o cavalo alado. E não encontraremos melhor oportunidade para falar sobre esse assunto do que enquanto ele está esperando Pégaso aparecer.

Se eu contasse todas as aventuras anteriores de Belerofonte, elas poderiam facilmente se transformar em uma longa história. Será suficiente dizer que, em um certo país da Ásia, um monstro terrível, chamado Quimera, apareceu e estava fazendo mais maldades do que se poderia contar entre esse momento e o pôr do sol. De acordo com os melhores relatos que pude obter, essa Quimera era quase, se não exatamente, a criatura mais feia e venenosa, e a mais estranha e inexplicável, a mais difícil de lutar, e a mais difícil da qual fugir, que já saiu do interior da Terra. Tinha uma cauda como de uma jiboia, seu corpo era como eu sei lá o quê; ela tinha três cabeças separadas, uma das quais era de leão, a segunda de cabra e a terceira de uma serpente, abominavelmente grande. E uma rajada quente de fogo saía de cada uma de suas três bocas! Sendo um monstro terrestre, duvido que tivesse asas; mas, com ou sem asas, ela corria como uma cabra e como um leão, e se contorcia como uma serpente e, assim, conseguia atingir a mesma velocidade que os três juntos.

Ah, as maldades, incontáveis maldades que essa criatura perversa fez! Com seu hálito flamejante, ela podia incendiar uma floresta, ou queimar um campo de grãos, ou, aliás, uma vila inteira, com todas as suas cercas e casas. Ela devastava o país todo ao redor e costumava comer pessoas e animais vivos, e depois cozinhava-os no forno ardente de seu estômago. Misericórdia de nós, crianças, espero que nem vocês nem eu encontremos uma Quimera!

Enquanto a fera odiosa (se é que podemos chamá-la de fera) estava fazendo todas essas coisas horríveis, por acaso Belerofonte chegou àquela parte do mundo, em uma visita ao rei. O nome do rei era Ióbates, e Lícia era o país que ele governava. Belerofonte era um dos jovens mais corajosos do mundo, e não desejava nada mais do que realizar algum ato valente e benéfico, que fizesse toda a humanidade admirá-lo e amá-lo. Naqueles dias, a única maneira de um jovem se distinguir era travando batalhas, seja com os inimigos de seu país, com gigantes perversos, ou com dragões ferozes, ou com feras selvagens, quando não encontrava nada mais perigoso para enfrentar. O rei Ióbates, percebendo a coragem de seu jovem visitante, lhe fez uma proposta de lutar contra a Quimera, que todos temiam e que, a menos que fosse logo morta, provavelmente transformaria Lícia em um deserto. Belerofonte não hesitou nem por um momento, mas garantiu ao rei que ele mataria essa temida Quimera ou morreria tentando.

Mas, em primeiro lugar, como o monstro era tão prodigiosamente rápido, ele pensou que nunca conseguiria obter a vitória lutando a pé. A coisa mais sábia que ele poderia fazer, portanto, era conseguir o melhor e mais rápido cavalo que pudesse ser encontrado em qualquer lugar. E que outro cavalo, em todo o mundo, era tão rápido quanto o maravilhoso cavalo Pégaso, que tinha asas e pernas, e era ainda mais ativo no ar do que na terra? Com certeza, muitas pessoas negavam que houvesse tal cavalo com asas, e diziam que as histórias sobre ele eram todas poesia e tolices. Mas, por mais maravilhoso que parecesse, Belerofonte acreditava que Pégaso era um corcel de verdade e esperava que ele mesmo tivesse a sorte de encontrá-lo; e, uma vez montado em suas costas, ele seria capaz de lutar contra a Quimera com mais vantagem.

E esse foi o propósito com que ele viajou da Lícia para a Grécia, e trouxe na mão a rédea lindamente ornamentada. Era uma rédea encantada. Se ele conseguisse colocar o bridão de ouro na boca de Pégaso, o cavalo alado seria submisso, tomaria Belerofonte como seu mestre e voaria para onde quer que ele escolhesse direcioná-lo.

Mas, de fato, foi um momento cansativo e ansioso, enquanto Belerofonte esperava e esperava por Pégaso, na esperança de que ele viesse beber na Fonte de Pirene. Ele temia que o rei Ióbates imaginasse que ele havia fugido da Quimera. Também doía-lhe pensar em quantas maldades o monstro estava fazendo, enquanto ele próprio, em vez de lutar com ele, era compelido a sentar-se preguiçosamente debruçado sobre as águas brilhantes de Pirene, enquanto elas jorravam da areia cintilante. E como Pégaso lá vinha tão raramente nestes últimos anos, e mal pousava ali mais de uma vez na vida, Belerofonte temia que pudesse envelhecer, e não ter mais força em seus braços nem coragem em seu coração, antes do cavalo alado aparecer. Ah, como é pesada a passagem do tempo, enquanto um jovem aventureiro anseia por fazer sua parte na vida, e fazer a colheita de sua fama! Esperar é realmente uma lição difícil de aprender! Nossa vida é breve, e quanto dela é gasta para nos ensinar apenas isso!

Foi bom para Belerofonte que a gentil criança tivesse gostado tanto dele e nunca se cansasse de lhe fazer companhia. Todas as manhãs a criança lhe dava uma nova esperança para colocar no peito e substituir a esperança desvanecida do dia anterior.

— Querido Belerofonte — disse o menino, olhando esperançoso para seu rosto — acho que veremos Pégaso hoje!

E, por fim, se não fosse pela fé inabalável do menino, Belerofonte teria perdido toda a esperança e teria voltado para a Lícia e feito o possível para matar a Quimera sem a ajuda do cavalo alado. E nesse caso o pobre Belerofonte teria pelo menos sido terrivelmente chamuscado pelo hálito da criatura, e provavelmente teria sido morto e devorado. Ninguém deve tentar lutar contra uma Quimera nascida na terra, a menos que possa primeiro montar em um corcel voador.

Certa manhã, a criança falou com Belerofonte ainda mais esperançosa do que de costume.

— Querido, querido Belerofonte — exclamou ele — não sei por que, mas sinto que certamente veremos Pégaso hoje!

E durante todo aquele dia ele não saiu de perto de Belerofonte; então eles comeram um pedaço de pão juntos e beberam um pouco da água da fonte. À tarde, lá estavam eles sentados, e Belerofonte tinha colocado seu braço em volta da criança, que também havia colocado uma de suas mãozinhas na de Belerofonte. Este estava perdido em seus pensamentos e fixava os olhos vagamente nos troncos das árvores que faziam sombra sobre a fonte e nas videiras que trepavam entre seus galhos. Mas a criança gentil estava olhando para a água; ele estava triste, por causa de Belerofonte, pensando que a esperança de mais um dia seria em vão, como tantas antes dessa; e duas ou três lágrimas silenciosas caíram de seus olhos e se misturaram com o que se dizia serem as muitas lágrimas de Pirene, quando ela chorou por seu filho morto.

Mas, quando ele menos pensava nisso, Belerofonte sentiu a pressão da mãozinha da criança e ouviu um sussurro suave, quase sem fôlego.

— Olhe lá, querido Belerofonte! Há uma imagem na água!

O jovem olhou para o espelho ondulado da fonte e viu o que supôs ser o reflexo de um pássaro que parecia voar a grande altura no ar, com um brilho de sol em suas asas nevadas ou prateadas.

— Que pássaro esplêndido deve ser! — disse ele. — E como parece tão grande, embora realmente deva estar voando mais alto que as nuvens!

— Isso me faz tremer! — sussurrou a criança. — Tenho medo de olhar para o ar! É muito bonito e, no entanto, ouso apenas olhar para sua imagem na água. Querido Belerofonte, você não vê que não é um pássaro? É o cavalo alado Pégaso!

O coração de Belerofonte começou a palpitar! Ele olhou atentamente para cima, mas não conseguiu ver a criatura alada, fosse pássaro ou cavalo; porque, naquele momento, havia mergulhado nas profundezas de uma nuvem macia de verão. Foi apenas um momento, no entanto, antes que o objeto reaparecesse, afundando-se levemente na nuvem, embora ainda a uma grande distância da Terra. Belerofonte pegou a criança nos braços e encolheu-se com ele, de modo que ambos ficaram escondidos entre os arbustos espessos que cresciam ao redor da fonte. Não que tivesse medo de algum mal, mas temia que, se Pégaso os visse de relance, voaria para longe e pousaria em algum cume de montanha inacessível. Pois era realmente o cavalo alado. Depois de tanto esperarem, ele vinha matar a sede com a água do Pirene.

Mais e mais perto veio a maravilha aérea, voando em grandes círculos, como vocês podem ver uma pomba fazer quando está prestes a pousar. Para baixo veio Pégaso, naqueles círculos enormes e abrangentes, que ficaram cada vez mais estreitos à medida que se aproximava gradualmente da Terra. Quanto mais próximo a visão dele, mais bonito ele era, e mais maravilhoso era o movimento de suas asas prateadas. Por fim, com uma pressão tão leve que mal conseguia dobrar a grama ao redor da fonte, ou deixar uma marca de cascos na areia de sua margem, ele desceu e, baixando a cabeça selvagem, começou a beber água. Ele bebia a água, com suspiros longos e agradáveis, e pausas tranquilas de prazer; e depois outro gole, e outro, e outro. Pois, em nenhum outro lugar do mundo, ou entre as nuvens, Pégaso amava a água como amava a da fonte de Pirene. E quando sua sede estava saciada, ele cortou algumas flores de mel do trevo, saboreando-as delicadamente, mas não se importando em fazer uma refeição farta, porque a erva, logo abaixo das nuvens, nas encostas altas do Monte Hélicon, era mais adequada ao seu paladar do que essa grama comum.

Depois de beber à vontade e de maneira delicada, condescendendo em comer um pouco, o cavalo alado começou a saltar de um lado para o outro e dançar por assim dizer, por mera ociosidade e diversão. Nunca houve uma criatura mais brincalhona do que Pégaso. Então ali ele se divertiu, de uma maneira que me deixar feliz em pensar, batendo suas grandes asas tão levemente como faz um pintarroxo, e executando pequenas corridas, metade na terra e metade no ar, e que eu não sei se devo chamar de voo ou galope. Quando uma criatura é perfeitamente capaz de voar, às vezes ela escolhe correr, apenas pelo passatempo da coisa; e assim fez Pégaso, embora fosse um pouco difícil para ele manter seus cascos tão perto do chão. Belerofonte, enquanto isso, segurando a mão da criança, espiava por entre os arbustos, e pensava que nunca havia tido uma visão tão bonita como aquela, nem visto os olhos de um cavalo tão selvagens e espirituosos como os de Pégaso. Parecia um pecado pensar em arreá-lo e montar em suas costas.

Uma ou duas vezes, Pégaso parou e farejou o ar, erguendo as orelhas, sacudindo a cabeça e virando-a para todos os lados, como se suspeitasse em parte de alguma travessura. Não vendo nada, no entanto, e não ouvindo nenhum som, ele logo começou suas brincadeiras novamente.

Por fim, não que estivesse cansado, mas apenas ocioso e pomposo, Pégaso dobrou as asas e deitou-se na relva verde e macia. Mas, como estava muito cheio de vida aérea para ficar quieto por muitos minutos, ele logo rolou de costas, com suas quatro pernas delgadas no ar. Era lindo vê-lo, aquela criatura solitária, cuja companheira nunca havia sido criada, mas que não precisava de companhia e, vivendo muitas centenas de anos, era tão feliz quanto os séculos eram longos. Quanto mais ele fazia coisas como os cavalos mortais estão acostumados a fazer, menos terrestre e mais maravilhoso ele parecia. Belerofonte e a criança quase não respiravam, em parte por um espanto delicioso, mas ainda mais porque temiam que o menor movimento ou murmúrio o mandasse para o azul mais distante do céu com a velocidade de uma flecha.

Finalmente, quando se cansou de rolar sem parar, Pégaso virou-se e, indolentemente, como qualquer outro cavalo, estendeu as patas dianteiras para se levantar do chão; e Belerofonte, que havia adivinhado que ele faria isso, disparou de repente do matagal e saltou sobre suas costas.

Sim, lá estava ele sentado nas costas do cavalo alado!

Mas que salto Pégaso deu quando, pela primeira vez, sentiu o peso de um homem mortal sobre seus lombos! Um belo salto, de fato! Antes que tivesse tempo de respirar, Belerofonte se viu a cem metros de altura, e ainda disparando para cima, enquanto o cavalo alado bufava e tremia de terror e raiva. Ele foi subindo, subindo, subindo, subindo, até mergulhar no seio frio e enevoado de uma nuvem, para a qual, pouco antes, Belerofonte estava olhando e imaginando ser um lugar muito agradável. Então, novamente, do coração da nuvem, Pégaso caiu como um raio, como se pretendesse arremessar a si mesmo e seu cavaleiro de cabeça contra uma rocha. Então ele deu cerca de mil das mais selvagens cabriolas que já haviam sido realizadas por um pássaro ou um cavalo.

Eu não posso contar-lhes metade do que ele fez. Ele deslizou para a frente, para os lados e para trás. Ficou ereto, com as patas dianteiras em uma grinalda de névoa, e as patas traseiras apoiadas no nada. Ele jogou os calcanhares para trás e colocou a cabeça entre as pernas, com as asas apontando para cima. A cerca de três quilômetros de altura acima da terra, ele deu uma cambalhota, de modo que os calcanhares de Belerofonte ficaram onde sua cabeça deveria estar, e ele parecia olhar para o céu abaixo, em vez de olhar para cima. Ele virou a cabeça e, olhando Belerofonte no rosto, com fogo brilhando em seus olhos, fez uma terrível tentativa de mordê-lo. Ele agitou as asas com tanta força que uma das penas de prata foi sacudida e, flutuando em direção à terra, foi apanhada pela criança, que a guardou por toda sua vida, em memória de Pégaso e Belerofonte.

Mas este último (que, como vocês podem julgar, era o melhor cavaleiro que já galopou) estava aguardando sua oportunidade e, finalmente, colocou o bridão de ouro da rédea encantada entre as mandíbulas do corcel alado. Assim que Belerofonte fez isso, Pégaso ficou totalmente domesticado como se tivesse recebido comida, toda a sua vida, das mãos de Belerofonte. Para falar o que realmente sinto, foi quase uma tristeza ver uma criatura tão selvagem ficar de repente tão mansa. E Pégaso parecia sentir isso também. Ele olhou em volta para Belerofonte, com as lágrimas em seus lindos olhos, em vez do fogo que tão recentemente brilhava deles. Mas quando Belerofonte deu um tapinha de leve na cabeça dele e disse algumas palavras autoritárias, mas gentis e reconfortantes, outro olhar surgiu nos olhos de Pégaso; pois, no fundo, ele estava feliz, depois de tantos séculos solitários, por ter encontrado um companheiro e um mestre.

Assim é sempre com cavalos alados e com todas essas criaturas selvagens e solitárias. Se você consegue pegá-los e dominá-los, é a maneira mais segura de conquistar seu amor.

Enquanto Pégaso estava fazendo o máximo para tirar Belerofonte de suas costas, ele havia voado uma distância muito longa e eles tinham avistado uma montanha alta no momento em que o bridão foi colocado em sua boca.

Belerofonte já tinha visto essa montanha antes e sabia que era Hélicon, no cume da qual ficava a morada do cavalo alado. Para lá (depois de olhar gentilmente para o rosto de seu cavaleiro, como se pedisse licença) Pégaso voou agora e, pousando, esperou pacientemente até que Belerofonte quisesse apear. Então, o jovem saltou das costas de seu corcel, mas ainda o segurou firme pelas rédeas. Porém, ao encontrar seus olhos, ele ficou tão afetado pela delicadeza de seu aspecto e pelo pensamento da vida livre que Pégaso havia vivido até então, que ele não pôde suportar mantê-lo prisioneiro, como se realmente desejasse sua liberdade.

Obedecendo a esse impulso generoso, ele deslizou a rédea encantada da cabeça de Pégaso e tirou o bridão de sua boca.

— Deixe-me, Pégaso! — disse ele. — Ou me deixe, ou me ame.

Em um instante, o cavalo alado disparou e ficou quase fora de vista, subindo direto do cume do Monte Hélicon. Como já havia passado muito tempo depois do pôr do sol, já era crepúsculo no topo da montanha e noite escura em toda a região ao redor. Mas Pégaso voou tão alto que ultrapassou o dia que se foi e foi banhado pelo brilho superior do sol. Subindo cada vez mais alto, ele parecia uma mancha brilhante e, finalmente, não podia mais ser visto no vazio do céu. E Belerofonte temia que nunca mais pudesse vê-lo. Mas, enquanto ele estava lamentando sua tolice, a mancha brilhante reapareceu, e veio se aproximando cada vez mais, até descer mais baixo que a luz do sol e eis que Pégaso tinha voltado! Depois dessa experiência, não havia mais medo de que o cavalo alado escapasse. Ele e Belerofonte ficaram amigos e adquiriram uma confiança amorosa um no outro.

Naquela noite eles se deitaram e dormiram juntos, com o braço de Belerofonte no pescoço de Pégaso, não por precaução, mas por gentileza. E eles acordaram ao raiar do dia e disseram "bom dia" um ao outro, cada um em sua língua.

Dessa maneira, Belerofonte e o maravilhoso corcel passaram vários dias e se conheceram melhor e se afeiçoaram mais e mais um ao outro. Eles faziam longas viagens aéreas, e às vezes subiam tão alto que a Terra parecia pouco maior do que a Lua. Eles visitaram países distantes e surpreenderam os habitantes, que pensaram que o belo jovem, montado no lombo do cavalo alado, devia ter descido do céu. Mil quilômetros por dia era mais do que um espaço muito fácil para o ligeiro Pégaso percorrer. Belerofonte estava encantado com essa vida e não gostaria de nada mais do que viver sempre da mesma maneira, no ar, na atmosfera clara, pois sempre fazia sol lá em cima, por mais triste e chuvoso que estivesse na região mais baixa. Mas ele não conseguia esquecer a horrível Quimera, a qual havia prometido ao rei Ióbates que mataria. Então, finalmente, quando ele se acostumou com as proezas da equitação no ar, e conseguiu controlar Pégaso com o menor movimento de sua mão, e o ensinou a obedecer a sua voz, ele decidiu tentar realizar essa perigosa aventura.

Ao raiar do dia, portanto, assim que abriu os olhos, beliscou delicadamente a orelha do cavalo alado, para despertá-lo. Pégaso imediatamente partiu do chão e saltou cerca de quinhentos metros de altura, e fez uma grande varredura ao redor do topo da montanha, como se estivesse mostrando que estava bem acordado e pronto para qualquer tipo de excursão. Durante todo esse pequeno voo, ele emitiu um relincho alto, rápido e melodioso, e finalmente desceu ao lado de Belerofonte, de modo tão suave como um pardal pulando em um galho.

— Muito bem, querido Pégaso! Muito bem, meu desbravador dos céus! — gritou Belerofonte, acariciando o pescoço do cavalo. — E agora, meu ligeiro e belo amigo, devemos quebrar nosso jejum. Hoje devemos lutar contra a terrível Quimera.

Assim que fizeram a refeição matinal e beberam água com gás de uma fonte chamada Hipocrene, Pégaso estendeu a cabeça por vontade própria para que seu mestre pudesse colocar as rédeas. Então, com muitos saltos brincalhões e piruetas aéreas, ele mostrou sua impaciência para partir, enquanto Belerofonte empunhava sua espada, pendurava seu escudo no pescoço e se preparava para a batalha. Quando tudo estava pronto, o cavaleiro montou, e (como era seu costume, ao percorrer uma longa distância) subiu oito quilômetros perpendicularmente, para ver melhor para onde estava direcionado seu curso. Ele então virou a cabeça de Pégaso para o leste e partiu para Lícia. Em seu voo, eles alcançaram uma águia e chegaram tão perto dela, antes que ela pudesse sair do caminho, que Belerofonte poderia facilmente segurá-la pela perna. Avançando nesse ritmo, ainda era de madrugada quando avistaram as altas montanhas da Lícia, com seus vales profundos e densos. Se realmente haviam contado a verdade para Belerofonte, era em um desses vales sombrios que a hedionda Quimera habitava.

Estando agora tão perto do fim de sua jornada, o cavalo alado foi descendo aos poucos com seu cavaleiro e aproveitaram algumas nuvens que flutuavam sobre os cumes das montanhas para se esconderem. Pairando na superfície superior de uma nuvem e espiando por cima de sua borda, Belerofonte tinha uma visão bastante distinta da parte montanhosa da Lícia e podia olhar todos os seus vales sombrios de uma só vez. A princípio, parecia não haver nada notável. Era um trecho selvagem, bruto e rochoso com colinas altas e íngremes. Na parte mais plana do país, havia ruínas de casas queimadas e, aqui e ali, carcaças de gado morto, espalhadas pelos pastos onde se alimentavam.

— A Quimera deve ter feito essa maldade toda — pensou Belerofonte. — Mas onde poderia estar o monstro?

Como eu já disse, não havia nada de notável a ser detectado, à primeira vista, em nenhum dos vales e depressões que se estendiam entre as alturas escarpadas das montanhas. Nada mesmo; a não ser, na verdade, que fossem três espirais de fumaça preta, que saíam do que parecia ser a boca de uma caverna e subiam soturnamente na atmosfera.

Antes de chegar ao topo da montanha, essas três coroas de fumaça preta se misturaram em uma. A caverna estava quase diretamente abaixo do cavalo alado e seu cavaleiro, a uma distância de cerca de trezentos metros. A fumaça, à medida que subia pesadamente, tinha um cheiro horrível, sulfuroso e sufocante, que fez Pégaso bufar e Belerofonte espirrar. Tão desagradável foi para o maravilhoso corcel (que estava acostumado a respirar apenas o ar mais puro), que ele bateu as asas e disparou uns quinhentos metros para fora do alcance desse vapor ofensivo.

Mas, ao olhar para trás, Belerofonte viu algo que o induziu primeiro a puxar as rédeas e depois a virar Pégaso. Ele fez um sinal, que o cavalo alado entendeu, e afundou lentamente no ar, até que seus cascos estivessem a pouco mais do que a altura de um homem acima do fundo rochoso do vale. Na frente, na distância em que se poderia atirar uma pedra, estava a boca da caverna, com as três coroas de fumaça saindo dela. E o que mais Belerofonte viu ali?

Parecia haver um monte de criaturas estranhas e terríveis enroladas dentro da caverna. Seus corpos estavam tão próximos que Belerofonte não conseguia distingui-los; mas, a julgar por suas cabeças, uma dessas criaturas era uma enorme serpente, a segunda era um leão feroz e a terceira uma cabra muito feia. O leão e a cabra dormiam; a serpente estava bem acordada e continuava olhando ao seu redor com um grande par de olhos ardentes. Mas... e essa era a parte mais maravilhosa da questão... as três espirais de fumaça evidentemente saíam das narinas dessas três cabeças! Tão estranho era o espetáculo que, embora Belerofonte o esperasse o tempo todo, a verdade não lhe ocorreu imediatamente, que ali estava a terrível Quimera de três cabeças. Ele havia descoberto a caverna da Quimera. A cobra, o leão e a cabra, como ele supunha que fossem, não eram três criaturas separadas, mas um único monstro!

A coisa era perversa e odiosa! Mesmo com dois terços de si adormecidos, a ferra ainda segurava, em suas garras abomináveis, o resto de um infeliz cordeiro, ou possivelmente (mas eu odeio pensar assim) o que era um menino querido, que suas três bocas tinham roído, antes que duas delas adormecessem!

De repente, Belerofonte despertou como se estivesse sonhando e soube que era a Quimera. Pégaso pareceu saber disso no mesmo instante e emitiu um relincho, que soou como o toque de uma trombeta para a batalha. A esse som as três cabeças se ergueram e lançaram grandes clarões de chamas. Antes que Belerofonte tivesse tempo de considerar o que fazer a seguir, o monstro se lançou para fora da caverna e saltou direto para ele, com suas imensas garras estendidas e sua cauda de serpente se retorcendo venenosamente na parte de trás. Se Pégaso não tivesse sido tão ágil quanto um pássaro, tanto ele quanto seu cavaleiro teriam sido derrubados pela corrida impetuosa da Quimera, e assim a batalha teria terminado antes mesmo de começar. Mas o cavalo alado não seria derrubado assim. Num piscar de olhos ele estava no ar, a meio caminho das nuvens, bufando de raiva. Ele também estremeceu, não com medo, mas por sentir total repugnância por essa coisa venenosa de três cabeças.

A Quimera, por outro lado, ergueu-se de modo a ficar absolutamente na ponta de sua cauda, com suas garras batendo ferozmente no ar, e suas três cabeças cuspindo fogo em Pégaso e seu cavaleiro. Meu Deus do céu! A fera rugia, assobiava e berrava! Belerofonte, enquanto isso, colocava o escudo no braço e desembainhava a espada.

— Agora, meu amado Pégaso — ele sussurrou no ouvido do cavalo alado — você deve me ajudar a matar este monstro terrível ou então você deve voar de volta para o pico da sua montanha solitária sem seu amigo Belerofonte, pois ou a Quimera morre, ou suas três bocas roerão esta minha cabeça que adormeceu em seu pescoço!

Pégaso relinchou e, virando a cabeça para trás, esfregou o nariz com ternura no rosto do cavaleiro. Era sua maneira de lhe dizer que, embora tivesse asas e fosse um cavalo imortal, ele pereceria, se fosse possível que a imortalidade perecesse, em vez de deixar Belerofonte para trás.

— Agradeço a você, Pégaso — respondeu Belerofonte. — Agora, então, vamos enfrentar o monstro!

Ao proferir essas palavras, ele sacudiu a rédea e Pégaso desceu disparado, tão rápido quanto o voo de uma flecha, direto em direção à cabeça tripla da Quimera, que, todo esse tempo, estava se projetando o mais alto que podia no ar. Ao se aproximar, Belerofonte fez um corte no monstro, mas foi levado para cima por seu corcel, antes que pudesse ver se o golpe havia sido bem-sucedido.

Pégaso continuou seu curso, mas logo deu meia-volta, aproximadamente à mesma distância que antes da Quimera. Belerofonte percebeu então que quase havia cortado a cabeça de cabra do monstro, de modo ela estava pendurada pela pele e a cabra parecia bem morta.

Mas, para compensar, a cabeça da serpente e a do leão tinham tomado toda a ferocidade da cabra morta para si, e cuspiam chamas, sibilavam e rugiam, com muito mais fúria do que antes.

— Não importa, meu bravo Pégaso! — gritou Belerofonte. — Com outro golpe como esse, vamos fazer esse monstro parar de sibilar ou rugir.

E novamente ele sacudiu a rédea. Correndo de lado, como antes, o cavalo alado fez outro voo de flecha em direção à Quimera, e Belerofonte deu outro golpe direto em uma das duas cabeças restantes, enquanto passava. Mas desta vez, nem ele nem Pégaso escaparam tão bem quanto no início. Com uma de suas garras, a Quimera fez um profundo arranhão no ombro do jovem e danificou levemente a asa esquerda do corcel voador com a outra. De sua parte, Belerofonte havia ferido mortalmente a cabeça de leão do monstro, de modo que agora pendia para baixo, com o fogo quase apagado, e soltando baforadas de fumaça negra e espessa. A cabeça da serpente, no entanto (que era a única que restava), estava duas vezes mais feroz e venenosa do que antes. Ela lançava bolas de fogo de quinhentos metros de comprimento e emitia sibilos tão altos, tão ásperos e tão ensurdecedores, que o rei Ióbates os ouvia, a oitenta quilômetros de distância, e tremeu até o trono sacudir embaixo dele.

— Que horror! — pensou o pobre rei. — A Quimera certamente está vindo para me devorar!

Enquanto isso, Pégaso parou novamente no ar e relinchou com raiva, enquanto faíscas de uma chama de cristal puro disparavam de seus olhos. Quão diferente era do fogo lúgubre da Quimera! O espírito do corcel aéreo estava muito agitado, assim como o de Belerofonte.

— Você está sangrando, meu cavalo imortal? — exclamou o jovem, preocupando-se menos com sua dor do que com a angústia dessa gloriosa criatura, que nunca deveria ter experimentado a dor. — A execrável Quimera pagará por este mal com sua última cabeça!

Então ele sacudiu as rédeas, gritou bem alto e guiou Pégaso, não inclinado como antes, mas direto para a frente hedionda do monstro. Tão rápido foi o ataque, que parecia apenas um deslumbramento e um lampejo antes que Belerofonte estivesse perto de seu inimigo.

A Quimera, a essa altura, depois de perder sua segunda cabeça, entrou em um ataque de cólera incandescente por causa da dor e da raiva. Balançava tanto, metade na terra e parte no ar, que era impossível dizer em que elemento se apoiava. Abriu suas mandíbulas de cobra a uma largura tão abominável que Pégaso poderia quase, eu ia dizer, ter voado direto para baixo de sua garganta, asas abertas, cavaleiro e tudo! Ao se aproximarem, ela disparou uma tremenda rajada de seu hálito de fogo e envolveu Belerofonte e seu corcel em uma atmosfera de chamas, chamuscando as asas de Pégaso, queimando todo um lado dos cachos dourados do jovem, e deixando os dois muito mais quentes do que era confortável, da cabeça aos pés.

Mas isso não foi nada perto do que veio a seguir.

Quando a velocidade aérea do cavalo alado o trouxe a uma distância de cem metros, a Quimera deu um salto e arremessou sua carcaça enorme, desajeitada, venenosa e absolutamente detestável sobre o pobre Pégaso, agarrando-se a ele com força e vigor e amarrou sua cauda de serpente em um nó! O corcel aéreo voou, mais alto, mais alto, mais alto, acima dos picos das montanhas, acima das nuvens, e quase fora da vista da terra firme. Mas ainda assim o monstro nascido da terra mantinha seu domínio e foi levado para cima, junto com a criatura de luz e ar.

Enquanto isso, Belerofonte, virando-se, viu-se cara a cara com o horrível semblante da Quimera, e só pôde evitar ser chamuscado até a morte, ou mordido ao meio, erguendo seu escudo. Sobre a borda superior do escudo, ele olhava severamente nos olhos selvagens do monstro.

Mas a Quimera estava tão louca e perturbada de dor que não se protegeu tão bem quanto poderia ter sido o caso. Talvez, afinal, a melhor maneira de lutar contra uma Quimera seja chegar o mais perto possível dela. Em seus esforços para enfiar suas horríveis garras de ferro em seu inimigo, a criatura deixou seu peito bem exposto; e percebendo isso, Belerofonte enfiou sua espada até o punho em seu coração cruel. Imediatamente a cauda da serpente desatou o nó. O monstro soltou Pégaso e caiu daquela imensa altura lá para baixo; enquanto o fogo dentro de seu peito, em vez de ser apagado, queimava mais forte do que nunca e rapidamente começou a consumir a carcaça morta. Assim, caiu do céu, toda em chamas, e (tendo anoitecido antes de atingir a terra) foi confundida com uma estrela cadente ou um cometa. Mas, ao amanhecer, alguns camponeses estavam indo para o trabalho do dia e viram, para seu espanto, que vários hectares de terra estavam cobertos de cinzas negras. No meio de um campo, havia um monte de ossos esbranquiçados, muito mais altos que um palheiro. Nada mais foi visto da terrível Quimera!

E quando Belerofonte conquistou a vitória, ele se inclinou e beijou Pégaso, enquanto as lágrimas se acumulavam em seus olhos.

— De volta agora, meu amado corcel! — disse ele. — De volta à Fonte de Pirene!

Pégaso deslizou pelo ar, mais rápido do que nunca, e alcançou a fonte em muito pouco tempo. E lá ele encontrou o velho apoiado em seu cajado, e o camponês dando água à sua vaca, e a bela donzela enchendo seu cântaro.

— Eu me lembro agora — disse o velho — eu vi este cavalo alado uma vez antes, quando eu era um menino. Mas ele era dez vezes mais bonito naquela época.

— Eu tenho um cavalo de carroça, que vale três dele! — disse o camponês. — Se este pônei fosse meu, a primeira coisa que eu faria seria cortar as asas dele!

Mas a pobre donzela não disse nada, pois sempre tinha a sorte de ter medo na hora errada. Então ela fugiu, e deixou seu jarro cair e se quebrar.

— Onde está a criança gentil — perguntou Belerofonte — que costumava me fazer companhia e nunca perdeu a fé, e nunca se cansou de olhar para a fonte?

— Aqui estou eu, querido Belerofonte! — disse a criança, suavemente.

Pois o menino passara dia após dia, à margem da Fonte de Pirene, esperando a volta do amigo; mas quando ele percebeu Belerofonte descendo através das nuvens, montado no cavalo alado, ele se encolheu no meio dos arbustos. Ele era uma criança delicada e terna, e temia que o velho e o camponês vissem as lágrimas vertendo de seus olhos.

— Você venceu — disse ele, alegremente, correndo para o joelho de Belerofonte, que ainda estava sentado nas costas de Pégaso. — Eu sabia que você venceria.

— Sim, querida criança! — respondeu Belerofonte, descendo do cavalo alado. — Mas se a tua fé não tivesse me ajudado, eu nunca teria esperado por Pégaso, e nunca teria subido acima das nuvens, e nunca teria derrotado a terrível Quimera. Você, meu querido amiguinho, fez tudo isso. E agora vamos libertar Pégaso.

Então ele tirou a rédea encantada da cabeça do corcel maravilhoso.

— Seja livre, para sempre, meu Pégaso! — gritou ele, com um tom de tristeza em seu tom. — Seja tão livre quanto você é veloz!

Mas Pégaso apoiou a cabeça no ombro de Belerofonte e não levantou voo.

— Bem, então — disse Belerofonte, acariciando o cavalo etéreo — você ficará comigo enquanto quiser e iremos juntos, imediatamente, e contaremos ao rei Ióbates que a Quimera foi destruída.

Então Belerofonte abraçou o menino gentil, prometeu que voltaria para visitá-lo, e partiu. Mas, anos depois, aquela criança voou mais alto no corcel aéreo do que Belerofonte havia voado, e realizou ações mais honrosas do que a vitória de seu amigo sobre a Quimera. Pois, gentil e terno como era, ele se tornou um poderoso poeta!

Nathaniel Hawthorne

TOPO DA MONTANHA
Depois da história

EUSTÁQUIO BRIGHT CONTOU a lenda de Belerofonte com tanto fervor e animação como se realmente estivesse galopando no cavalo alado. No final, ele ficou satisfeito ao discernir, pelos semblantes brilhantes de seus ouvintes, o quanto eles estavam interessados. Todos os olhos estavam dançando em suas cabeças, exceto os de Prímula. Em seus olhos havia, de fato, lágrimas, pois ela estava consciente de algo na lenda que o restante deles ainda não tinha idade suficiente para sentir. Mesmo sendo uma história infantil, o estudante havia conseguido colocar nela o ardor, a esperança generosa e o empreendimento imaginativo da juventude.

— Agora eu perdoo você, Prímula — disse ele — por todas as vezes que zombou de mim e das minhas histórias. Uma lágrima compensa muitas risadas.

— Bem, sr. Bright — respondeu Prímula, enxugando os olhos e dando-lhe outro de seus sorrisos marotos — certamente eleva suas ideias, colocar sua cabeça acima das nuvens. Eu o aconselho a nunca contar outra história, a menos que seja, como agora, do topo de uma montanha.

— Ou das costas de Pégaso — respondeu Eustáquio, sorrindo. — Você não acha que eu me saí muito bem na captura daquele pônei maravilhoso?

— Foi como uma de suas brincadeiras malucas! — gritou Prímula, batendo palmas. — Acho que estou vendo você agora nas costas dele, três quilômetros de altura, e com a cabeça para baixo! É bom que você não tenha realmente a oportunidade de tentar sua equitação em qualquer cavalo mais selvagem do que nosso sóbrio Davy, ou o Velho Centenário.

— De minha parte, gostaria de ter Pégaso aqui, neste momento — disse o aluno. — Eu o montaria imediatamente e galoparia pelo país, dentro de uma circunferência de alguns quilômetros, fazendo visitas literárias aos meus irmãos autores. O Dr. Dewey estaria ao meu alcance, aos pés das Montanhas Tacônicas. Em Stockbridge, mais além, está o sr. James, notável para todo o mundo em sua montanha de história e romances. Acredito que Longfellow ainda não está em Oxbow, mas o cavalo alado relincharia ao vê-lo. Mas, aqui em Lenox, devo encontrar nossa romancista mais verdadeira que considerou o cenário e a vida de Berkshire como se fossem seus. Do outro lado de Pittsfield está Herman Melville, moldando a gigantesca concepção de sua "Baleia Branca", enquanto a forma gigantesca de Graylock paira sobre ele de sua janela do estúdio. Outro salto de meu cavalo voador me levaria à porta de Holmes, a quem menciono por último, porque Pégaso certamente me derrubaria no minuto seguinte e reivindicaria o poeta como seu cavaleiro.

— Não temos um autor como nosso próximo vizinho? — perguntou Prímula. — Aquele homem calado, que mora na velha casa vermelha, perto da Avenida Tanglewood, e que às vezes encontramos, com duas crianças ao seu lado, na floresta ou no lago. Acho que ouvi falar que ele escreveu um poema, um romance, uma aritmética, uma história escolar ou algum outro tipo de livro.

— Fique quieta, Prímula, quieta! — exclamou Eustáquio, com um sussurro emocionante, e pondo o dedo nos lábios. — Nem uma palavra sobre aquele homem, mesmo no topo de uma colina! Se nosso murmúrio chegasse aos seus ouvidos e não o agradasse, ele teria apenas que jogar um ou dois montes de papéis na lareira, e você, Prímula, e eu, e Pervinca, Samambaia, Flor de Abóbora, Miosótis, Mirtilo, Trevo, Primavera, Banana-da-Terra, Dona Joana, Dente-de-leão e Ranúnculo... sim, e o sábio sr. Pringle, com suas críticas desfavoráveis às minhas lendas, e a pobre sra. Pringle, também, seríamos todos transformados em fumaça e subiríamos pela chaminé! Nosso vizinho da casa vermelha é um tipo de pessoa bastante inofensiva, pelo que sei, no que diz respeito ao restante do mundo; mas algo me diz que ele tem um poder terrível sobre nós, estendendo-se a nada menos do que o extermínio.

— E Tanglewood se transformaria em fumaça, assim como nós? — perguntou Pervinca, bastante chocado com a ameaça de destruição. — E o que seria de Ben e Ursinho?

— Tanglewood permaneceria — respondeu o estudante — com a mesma aparência de agora, mas ocupada por uma família totalmente diferente. E Ben e Ursinho ainda estariam vivos, e ficariam muito à vontade com os ossos da mesa de jantar, sem nunca pensar nos bons momentos que eles e nós passamos juntos!

— Que bobagem você está falando! — exclamou Prímula.

Com conversas fiadas desse tipo, o grupo já havia começado a descer a montanha, e agora estava na sombra da floresta. Prímula colheu um pouco de louro-das-montanhas, cujas folhas, embora tivessem crescido no ano anterior, ainda estavam tão verdes e flexíveis como se a geada e o degelo não tivessem alternadamente lançado sua força sobre sua textura. Com os galhinhos de louro ela teceu uma coroa de flores, e tirou o boné do aluno, para colocá-la em sua testa.

— Ninguém mais irá coroar você por suas histórias — observou a atrevida Prímula, —então receba isso de mim.

— Não tenha tanta certeza — respondeu Eustáquio, parecendo realmente um jovem poeta, com o louro entre seus cachos brilhantes — que não vou ganhar outras coroas com essas histórias maravilhosas e admiráveis. Pretendo gastar todo o meu lazer, durante o resto das férias, e durante todo o período de verão na faculdade, escrevendo-as para que sejam impressas. O sr. J.T. Fields (que conheci quando ele estava em Berkshire, no verão passado, e que é poeta, assim como editor) verá o mérito incomum delas num relance. Ele pedirá a Billings que as ilustre, assim espero, e as apresentará ao mundo sob os melhores auspícios, através da eminente editora TICKNOR & CO. Em cerca de cinco meses a partir deste momento, não tenho dúvidas de que serei considerado um iluminado da nossa época!

— Pobre menino! — disse Prímula, meio de lado. — Que decepção o espera!

Descendo um pouco mais abaixo, Ursinho começou a latir, e recebeu como resposta o grave "au, au" do respeitável Ben. Eles logo viram o bom e velho cachorro vigiando cuidadosamente Dente-de-leão, Samambaia, Primavera e Flor de Abóbora. Esses pequenos, bastante recuperados de seu cansaço, tinham começado a colher algumas flores e agora vinham subindo para encontrar seus companheiros de brincadeira. Assim reunidos, todo o grupo desceu pelo pomar de Luther Butler e aproveitaram ao máximo seu caminho para casa em Tanglewood.

Impressão e Acabamento
Gráfica Oceano